8º Y²
6989

AF466065

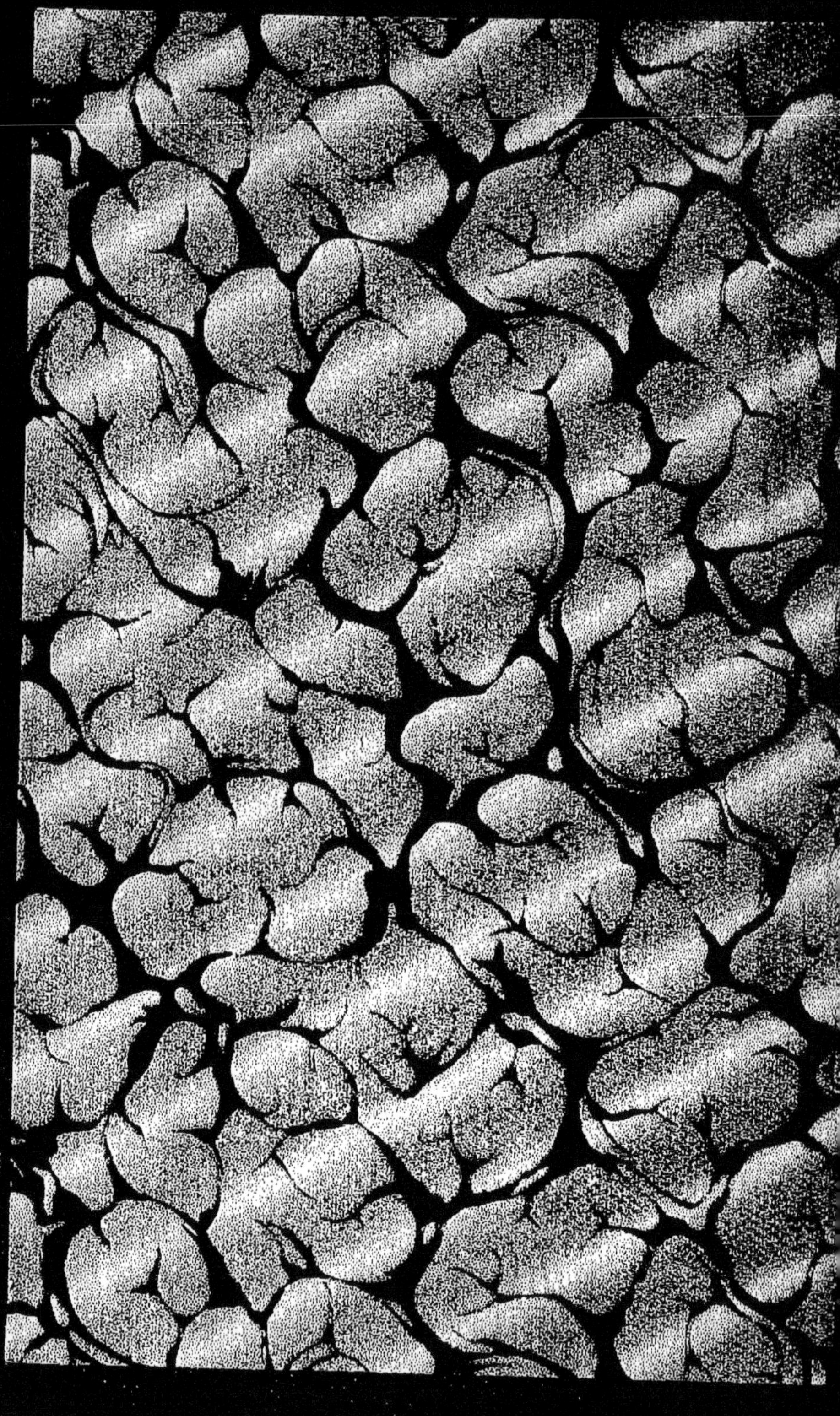

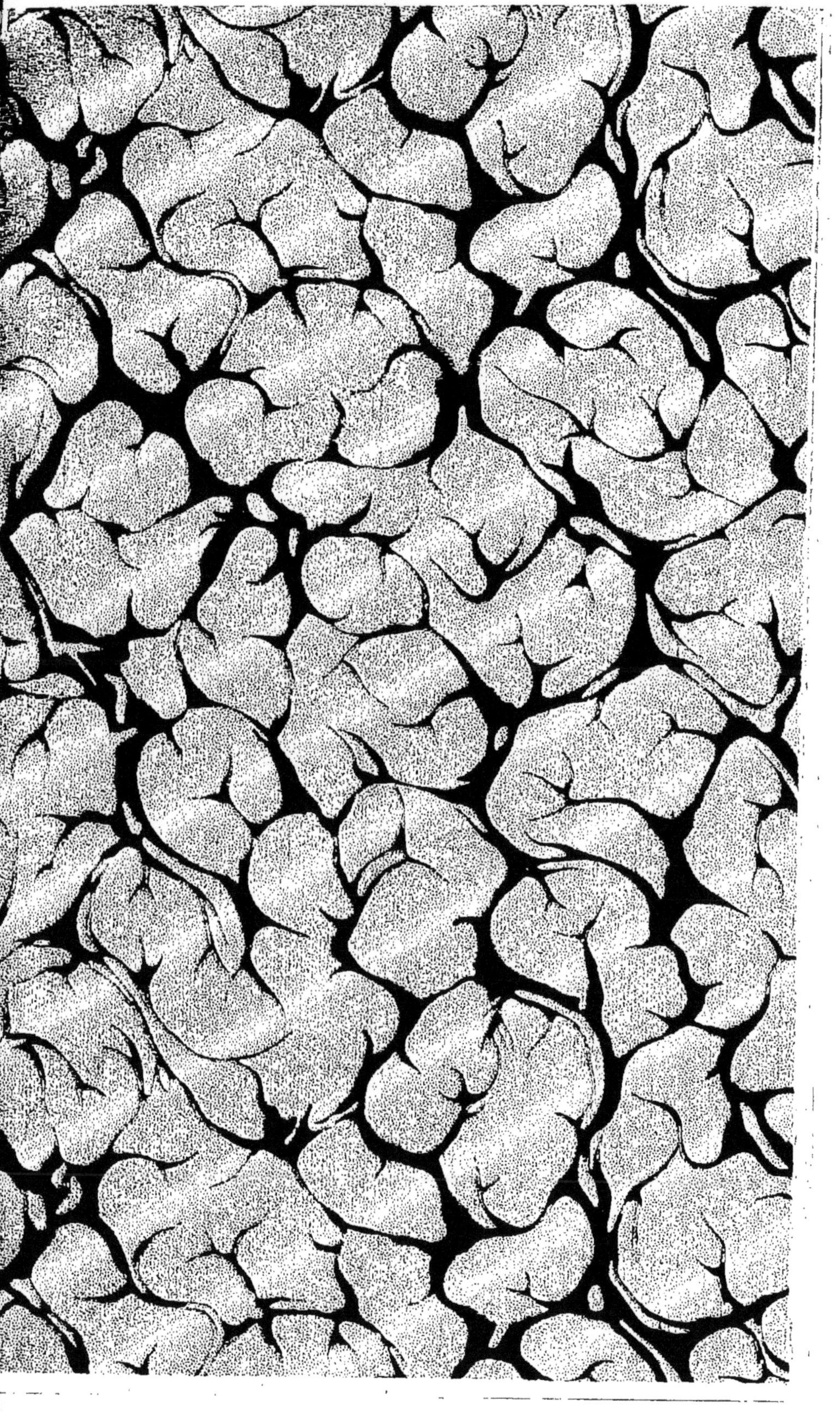

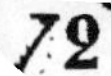

BIBLIOTHÈQUE DES TRAMWAYS

PAR

MAT

PARIS
LIBRAIRIE GAETAN RONNER
93, RUE DU FAUBOURG-SAINT-HONORÉ

1884

EMMA

BIBLIOTHÈQUE DES TRAMWAYS

EMMA

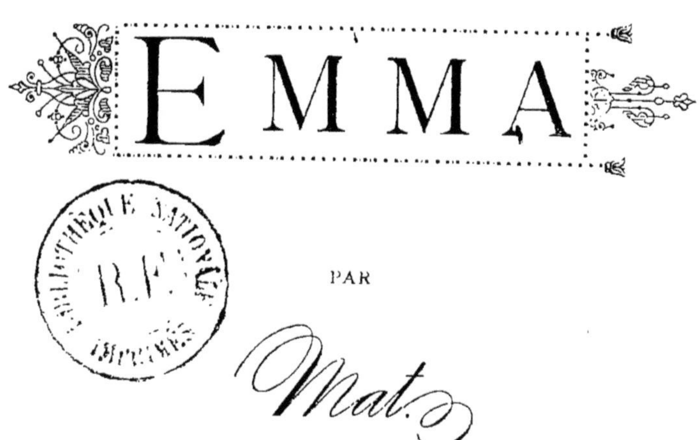

PAR

Mat.

PARIS

LIBRAIRIE GAETAN RONNER

93, RUE DU FAUBOURG-SAINT-HONORÉ

1884

EMMA

CHAPITRE PREMIER

Oui, ma tante, voici ma profession de foi : depuis le terrible drame dont le scandale a tué mon cher et regretté frère Edmond, je suis revenu des idées anglaises sur le mariage. Rien n'est moins certain de réussir que ces unions dites d'*inclination*, et j'avoue que je suis tout prêt à écouter ce que vous appelez vos *offres de service*. Cherchez donc, et surtout trouvez-moi une femme ; mais, pour Dieu ! qu'elle ne se croie pas d'une intelligence hors ligne, comme Mlle Lina, qui sérieusement me disait hier, pendant que je la conduisais à table : « Que votre tante est donc bonne de nous avoir réunis ce soir ! » Puis, prenant un air sentimental, elle ajouta : « Je pourrai donc parler philosophie avec un être capable de me comprendre ! » Quel langage et quelle affectation !

Mme de Courtil ne put s'empêcher de sourire à cette sortie contre une jeune personne méritant à tous égards la moquerie de son neveu Jules, marquis du Préau depuis la mort de son frère aîné.

Comme il vient de le dire, une blessure profonde avait été faite par la femme de son frère au nom des du Préau, si noblement porté jusque-là. La malheureuse n'avait pu survivre aux jugements sévères du monde sur sa légèreté, et le jeune marquis, peu de temps après son veuvage, avait, en défendant la patrie lors de la néfaste année 1870, rendu son âme à Dieu, et au monde son nom glorieusement renouvelé par ce baptême de sang.

Jules idolâtrait son frère. Orphelins de bonne heure, élevés ensemble, leur amitié s'était pour ainsi dire accrue de toute l'affection que leur cœur n'avait pu porter aux parents dont le Ciel les avait privés si jeunes. Aussi, à la mort de son frère bien-aimé, la douleur de Jules fut-elle si vive, qu'on craignit un instant pour sa raison.

Les soins vraiment maternels de sa tante, et sa grande jeunesse aidant, Jules guérit ; mais de cette perturbation morale était resté un fond d'amertume si grand, qu'il était devenu, sinon misanthrope, du moins peu indulgent, surtout à l'égard des femmes en général et des jeunes filles en particulier.

Il est vrai de dire qu'aux différents titres qu'il portait à cause de son ancienne noblesse, il pouvait ajouter celui d'être un *parti*. Or, rien de plus intolérable que cette position. A force de vouloir l'accaparer, mères et filles s'étaient montrées à lui sous un aspect si peu favorable qu'il avait hâte d'en finir et de n'être plus en butte à leurs manœuvres stratégiques, peu habilement dissimulées en général.

Pendant cette longue digression, la visite de Jules touche à sa fin ; il résume sa pensée en baisant les mains de sa tante et en disant :

« Mariez-moi au plus vite, car de deux maux il faut toujours choisir le moindre, et mon rôle de jeune premier à placer me devient tellement odieux, qu'il me prend par moments de folles envies d'aller me cacher au fin fond de je ne sais quel désert. »

Il part, et Mme de Courtil s'approche de la fenêtre pour le suivre encore de loin d'un regard admirateur. Par le fait, Jules était vraiment bien : d'une taille au-dessus de la moyenne, d'une tournure élégante, un parfait cavalier ; il montait ce matin-là sa jument favorite avec une telle aisance et tant de distinction que les passants s'arrêtaient involontairement.

Le tournant de la rue François Ier le déroba trop vite à la vue de celle qu'on appelait la *tante Gâteau ;* elle quitta en soupirant son poste d'observation, et, dans ce soupir, il y avait autant de regrets du passé que d'angoisses pour l'avenir.

Restée veuve à l'âge de vingt ans, après une union de peu de mois, cette digne et noble créature ne vivait que pour les autres. Le Ciel avait refusé toute consolation à sa solitude ; elle n'avait pas d'enfant, et n'aurait eu aucun but réel dans la vie, si elle ne s'était entièrement consacrée à autrui, pour faire le bien toujours et partout, quand même, et, s'il est possible de le dire, pour cela même.

La perfection n'étant pas de cette misérable terre, cette âme d'élite avait eu un immense tort, celui de rendre à l'être qu'elle aimait le plus après Dieu le plus mauvais service de tous, — nous voulons parler de Jules : — elle l'avait gâté depuis sa plus tendre enfance de la façon la plus complète qu'on puisse imaginer.

Entièrement aveuglée par cette immense tendresse, la seule, pauvre femme ! qui lui restât ici-bas, elle ne voyait aucun défaut à son idole, et, par conséquent, ceux qu'il avait, loin d'être réprimés, avaient pris un tel empire sur lui que, dans bien des cas, ses qualités, — et il en avait aussi, — disparaissaient pour ne laisser voir qu'une extrême froideur et raideur morales.

Il avait la malencontreuse manie de toujours vouloir classer, arranger à sa guise, non seulement ses propres idées, mais jusqu'à celles d'autrui ; chacun devait s'incliner sous ce joug, ce niveau, cette toise inflexibles.

De là des théories dont il ne permettait jamais la discussion, même à ses amis les plus intimes, — un véritable despote ! — et si une éducation des plus élevées n'avait amorti un peu certaines tendances, un vrai tyran aurait pu surgir à la place de ce beau cavalier.

Toute autre que Mme de Courtil eût tremblé devant la responsabilité de chercher une compagne à ce jeune gâté ; — mais l'unique préoccupation de la tante n'était pas : « Une jeune fille sera-t-elle heureuse avec Jules ? Ne faudrait-il pas, pour leur bonheur à tous deux, attendre qu'un peu d'expérience des choses et des hommes vînt assouplir les traits anguleux de ce décidé personnage de vingt-cinq ans ? » Non, là n'était pas la difficulté. La grande, la seule, la véritable, était où trouver cette perle de grand prix, seule digne de ce prince Charmant, de ce Désiré, de cet Incomparable !

Tout en faisant ces réflexions, Mme de Courtil se souvint qu'il était jeudi, et en Carême, après la messe d'une heure, il y avait sermon dans la pieuse paroisse de Chaillot. Le prédicateur de la Station pour cet hiver était plein d'onction, sans être un de ces génies éclatants qu'on choisirait comme chef de file si le Ciel se prenait d'assaut.

Tout en souffrant violence, les portes de l'Éternité bienheureuse ne s'ouvriront qu'aux vainqueurs de la lutte quotidienne (genre de combat bien plus général, en somme, à tous chrétiens, que des batailles rangées), surtout aux zélés fidèles de cette paroisse, une des plus édifiantes de Paris. Ils n'éprouvent pas le besoin d'entendre de ces discours faits pour ouvrir les yeux à ceux qui ne veulent pas voir ; ceux-là seulement demandent ces dissertations éloquentes, passionnées, qui frappent comme des éclairs ; malheureusement, la foudre est bien près, et, tout en voulant faire du bien au prochain, souvent l'orgueil, la vanité et la fragilité humaine terrassent celui qui monte à ce nouveau Sinaï, comme le prouvent de lamentables exemples qui sont venus si douloureusement déchirer l'âme de l'Église en ces tristes temps.

Mme de Courtil se dépêchait donc pour ne rien perdre des consolantes paroles du R. P. ***, dont elle suivait les homélies avec la plus grande ponctualité, répondant à ses amies qui s'étonnaient de ne jamais la rencontrer aux différentes polémiques religieuses à la mode : — « Mais, chère madame, je n'ai pas besoin qu'on me prouve savamment l'existence de Dieu, à laquelle je crois fermement, ni l'immortalité de l'âme, qui est une conséquence immédiate de cette existence. Non, donnez-moi de sages et simples conseils, par lesquels, petit à petit, je parvienne à me corriger de mes défauts ou même seulement à les connaître ; montrez-moi que, malgré nos faiblesses, l'amour et la miséricorde de Dieu ne nous manqueront jamais : voilà les sermons qu'il me faut, qui me consolent et m'encouragent tout à la fois. Ajoutez à cela que ma chaise est marquée à l'église de Chaillot ; je puis arriver aux offices aux heures indiquées, assurée d'avoir un siège, tandis que, pour entendre les discours dont vous raffolez, pour ne pas rester à la porte, il me faudrait être là au moins deux heures d'avance. »

Notre fidèle paroissienne arriva ponctuellement, s'agenouilla, mais ne put ce jour-là se recueillir comme de coutume. Plus tard, c'est à peine si elle se souvint que le sermon de ce jour était divisé en trois points.

A Chaillot, comme dans toutes les églises, les premières rangées de chaises sont disposées de telle façon que les personnes qui les occupent ne pourraient voir le prédicateur si, au moment où celui-ci monte en chaire, elles ne faisaient faire à leurs sièges un mouvement qui leur permît de le regarder en face, et de l'entendre d'autant mieux qu'elles peuvent ainsi saisir tous ses gestes et suivre le jeu de sa physionomie. On profite de ce petit moment d'agitation pour chercher et saluer un visage connu, une voisine habituelle. Quel ne fut pas l'étonnement de Mme de Courtil quand, au lieu des respectables cheveux blancs de Mme du Vernois, elle aperçut une véritable apparition : un Greuze. Imaginez une jeune fille de dix-huit ans, belle à ravir, non pas d'une beauté classique (le nez surtout était rien moins que parfait), mais une de ces figures attachantes qui vous attirent malgré vous, de magnifiques yeux noirs et une chevelure idéale, du plus blond des épis de blé le plus clair, une toute petite bouche et une main merveilleusement belle. Elle avait ôté son gant pour prendre une bague sur laquelle finissait une dizaine de chapelet; le sermon commençant, elle n'eut que le temps de remettre son dévot bijou à sa place, et elle croisa ses jolies mains sur un manchon de loutre, paraissant là tout exprès pour faire ressortir la blancheur de la main sans gant.

Mme de Courtil était comme fascinée, et,

oubliant tout, elle se mit à admirer la toilette de la jeune fille sans en perdre le moindre détail. Cette toque brune avec une aile ponceau était simple et jolie, de même que ces lourdes nattes si épaisses, l'unique coiffure possible et vraie dont la beauté ne pourra jamais être égalée par aucun faux chignon; sans aucun doute, ces nattes sont plus seyantes que ces échafaudages à la mode qui rendent la forme de la tête une véritable spéculation, immolant à la cupidité des coiffeurs modernes toute idée de grâce et de forme artistique. Quel soulagement de pouvoir admirer un front! depuis si longtemps on ne les voit plus, grâce à ces épouvantables ébouriffages. Est-ce par la conscience qu'ils ne renferment plus d'idées sérieuses qu'on les cache si bien?

Si notre prédicateur avait perdu ce matin son empire habituel sur une de ses ouailles les plus attentives, la cause bien innocente de cette grande distraction l'écoutait religieusement, et ceci permit à son admiratrice de ne pas cesser ses investigations. Un regard tellement soutenu aurait été impossible si la personne qui en était l'objet s'en fût doutée.

Le sermon fini, pendant que les chaises reprenaient leur place primitive, la *vision* dit à sa voisine, qui n'était autre que Mme du Vernois : « Ah ! que c'était beau ! »

Et alors seulement Mme de Courtil s'aperçut de sa déplorable distraction pendant le sermon. De quoi avait-on parlé ? Elle ne s'en doutait pas : était-ce un discours faisant suite aux précédents et les complétant ? Mais, horreur ! elle ne se souvenait même plus des autres. Par quoi avait-elle été touchée mardi dernier ?... Rien, plus rien ! Au lieu de rappeler ses souvenirs et de tâcher de les recueillir, savez-vous ce qu'elle faisait ? Eh bien ! elle avait évoqué, à côté de cette blonde beauté, un personnage brun, grand, mince, distingué. Ne ressemble-t-il pas à s'y méprendre à ce jeune cavalier que nous avons admiré ensemble ce matin ? Oui, justement, vous y êtes. Et pendant cette cohue si peu intelligente qui arrive à toute fin de réunion, lorsque, même à la porte du Saint-Lieu, tout le monde se bouscule et veut sortir le premier, elle voit en imagination une autre cohue à la porte d'une sacristie quelconque, elle entend les chuchotements d'une foule enthousiasmée au passage d'une mariée ravissante, à la tête de Greuze, appuyée sur le bras de Jules.

CHAPITRE II

LAISSONS la tante rêvassant tout éveillée et suivons notre héroïne. Emma de Bernon, à grand'peine, serre de près Mme du Vernois jusqu'à son coupé, et lui dit en prenant place à côté d'elle : « Chère marraine, les abords de la Madeleine sont vraiment infranchissables; pourquoi ne fait-on pas sortir l'assistance, rangée par rangée, comme au catéchisme ?

— Tu as parfaitement raison, chère enfant, ce serait beaucoup plus édifiant et plus prompt ; mais, que veux-tu, on n'est pas si ordonné à Paris qu'en province ; seulement, je suis fort étonnée de t'entendre parler de la Madeleine, que je n'ai pas encore eu le temps de te faire visiter.

— Comment ! d'où sortons-nous ?

— Ah ! mon adorable petite campagnarde, prendre Chaillot pour la Madeleine ! Tiens, il faut que je t'embrasse, tu es trop drôle.

— Ah ! si je suis récompensée de la sorte, dit Emma en rendant en double les caresses reçues, je tâcherai de me tromper souvent. »

Ceci nous prouve que notre sympathique Emma vivait loin de Paris et n'y était jamais venue.

Son père, ancien diplomate, trop attaché au régime passé pour accepter les nouveaux, avait donné sa démission en 1848 et vivait depuis lors en Normandie, dans une de ses terres dont il ne bougeait jamais. Sa femme et sa fille lui étaient si tendrement dévouées qu'elles ne songeaient nullement à le quitter, et goûtant avec bonheur les doucêurs de cette vie de famille, qu'elles embellissaient par les charmes du cœur et de l'esprit, se contentaient d'habiter la campagne été comme hiver. Une seule chose avait tenté Emma. Elle était la musique incarnée, et avait accepté de venir passer quelque temps à Paris avec sa marraine en grande partie pour entendre de la bonne musique et en faire avec d'autres, condition difficilement obtenue à Bon-Séjour. Elle était arrivée la veille et ne dormait plus en songeant au plaisir qu'elle éprouverait le Dimanche suivant : elle devait, pour la première fois, aller au Conservatoire !

Si elle avait pu lire dans l'avenir, combien elle aurait été doublement troublée pendant l'attente de ce fameux Dimanche, qui devait prendre une si grande place dans sa vie !

On était au commencement de Mars ; le printemps se faisait déjà sentir, et, au sortir de l'office, le temps était si beau qu'il dérangea les plans de Mme du Vernois ; au lieu de conduire Emma en ville voir la *Madeleine*, elle dit : « Au Bois ! »

— Au Bois, y a-t-il des loups, marraine ? demanda la gracieuse enfant en riant.

— Hélas ! oui, dit la vieille dame en branlant la tête ; mais nous tâcherons de les éviter. »

Le cocher, bien stylé, de Mme du Vernois, laissa la foule se diriger vers le fameux Lac et prit la route de la Cascade. Emma fut émerveillée ; on revint par Auteuil, et, de nouveau, on rencontra la foule qui rentrait dans l'avenue du bois de Boulogne. Pour l'éviter encore, le coupé que nous suivons prit la contre-allée de gauche, au moment où un jeune homme descendait de cheval pour monter dans un phaéton.

D'un mouvement simultané, Mme du Vernois arrêta son cocher et fit signe au jeune homme de venir lui parler : « Cher marquis, dit-elle, par une étourderie inconcevable, j'ai oublié de prévenir Mme de Courtil que ma belle-sœur ne peut aller au Conservatoire Dimanche; voulez-vous prier votre tante d'accepter sa place? Notre tour d'abonnement se trouve ainsi changé de jour, mais j'espère que cela ne dérangera aucun de ses plans ; seulement, ce que je ne me pardonne pas, c'est de ne l'avoir pas prévenue tout à l'heure à l'église ; il est vrai que je n'étais pas aussi près d'elle que d'habitude, et, à la sortie, je n'ai pu l'attendre.

Puis, sans même écouter le : « Je n'y manquerai pas, Madame, » du jeune homme arrêté, elle tira de nouveau le cordon en disant :

« A l'hôtel ! »

« Quel beau cheval ! dit Emma, pendant que la jument descendait, en même temps que ces dames, la contre-allée tenue par le groom de Jules.

— Tu aimes donc toujours autant les

Gigi, mignonne, comme tu les appelais quand tu étais un baby ?

— Marraine, sérieusement, si je me voyais condamnée à ne plus faire de musique et à ne plus monter à cheval, je serais bien malheureuse. »

CHAPITRE III

Vers les cinq heures, les clubs se remplissent, et, à cette heure, après avoir grandement étonné ses gens par ses ordres contradictoires et ses manières peu habituelles, Mme de Courtil se fit arrêter au Jockey, en disant au valet de pied : « Demandez si le marquis est arrivé ; sinon, attendons-le. »

Jugez du saisissement du neveu quand il aperçut sa tante ; de mémoire d'homme, pareille chose ne lui était arrivée.

« Qu'y a-t-il? rien de fâcheux, j'espère ?

— Rien que de très heureux ; seulement, je viens te supplier, si tu ne peux dîner avec moi ce soir, de ne pas te retirer dans ton appartement sans me parler.

— Ma petite tante, vos yeux lancent des éclairs, vous avez l'air tout émue ; mais qu'est-ce ?

— Qu'avons-nous dit ensemble après le déjeuner, ce matin ? Que m'as-tu raconté ?

— J'avoue que je ne me souviens plus très bien ; je suis si bavard. Attendez, si ; ah ! oui, je me suis accusé d'avoir perdu la cravache de Verdier, à laquelle je tenais tant, parce que vous me l'aviez donnée. Oh ! l'avez-vous retrouvée, et avez-vous été assez bonne pour venir exprès m'annoncer cette nouvelle ? »

Une douche d'eau froide n'aurait pas produit un effet plus prompt sur Mme de Courtil. Elle répondit d'un ton tout solennel :

« Ne m'as-tu pas chargée de trouver autre chose qu'une cravache ? Il s'agit bien de cela ; il s'agit de ton projet de mariage... et j'ai trouvé ta femme.

— Déjà ! ! ! »

Exaspérée de ce ton railleur, Mme de Courtil fit signe au domestique de monter sur le siège ; mais Jules la retint pour lui demander d'un ton triste ?

« En quoi ai-je pu vous contrarier ? Pardon !

— Non, mon enfant, à ce soir. Rentrons.

— Ah ! ma tante, j'oubliais de vous dire que Mme du Vernois vient de m'arrêter pour...

— Mme du Vernois... tu l'as vue... elle t'a parlé... Était-elle seule ?

— Elle était accompagnée d'une inconnue.

— Eh bien ?

— Eh bien ! elle vous fait...

— Mais non, parle-moi de l'inconnue.

— Que vous en dire ?

— Tu n'as donc rien vu... ses mains ?

— Oui, je me rappelle que j'ai été surpris de voir des gants de laine.

— A la maison, rentrons ! cria la tante presque affolée, pendant que le neveu tout abasourdi se disait : « Ma pauvre tante, qu'a-t-elle ? deviendrait-elle folle ? Elle est partie sans que je puisse même lui faire ma commission ! »

CHAPITRE IV

MADAME de Courtil était vraiment méconnaissable, et l'étonnement du neveu aurait redoublé s'il avait pu l'entendre renvoyer sa femme de chambre, à peine son chapeau ôté, en lui disant : « Ne venez m'habiller pour dîner qu'à sept heures moins vingt. »

La fidèle Joséphine, qui était dans la maison de sa maîtresse depuis un quart de siècle, hésita avant de la quitter et ne put s'empêcher de dire :

« Madame est-elle souffrante ?

— Un peu de migraine, cela ne sera rien. »

Quelque chose d'indéfinissable dans le ton avec lequel ces paroles furent dites empêcha la camériste d'offrir la tasse de camomille de rigueur en pareil cas. Elle s'en alla donc tout attristée ; aussitôt la pauvre dame poussa un soupir et se mit à pleurer. De gros sanglots ne soulevèrent pas son cœur, mais de petites larmes tombèrent l'une après l'autre de ses yeux et la soulagèrent infiniment.

Mme de Courtil n'était pas nerveuse ni autrement portée aux larmes, surtout à celles qui n'ont pas une cause bien légitime. Elle riait souvent des personnes qui ne peuvent s'empêcher de pleurer au théâtre ou en lisant. D'où vient qu'aujourd'hui elle est si différente d'elle-même ? En fin de compte, pourquoi avait-elle le cœur si oppressé, avant de l'avoir comme rafraîchi par cette ondée si fine, pareille aux averses du printemps ? « Je ne suis plus d'âge à me permettre ces fantaisies juvéniles ; mes larmes ont été mises à contribution pour des motifs trop poignants pour les perdre maintenant par pure imagination. »

Comme honteuse et pour effacer toute trace de cette émotion inusitée, elle s'empressa d'humecter ses yeux, dont la rougeur accusatrice pouvait la trahir. Grâce à l'eau froide, quand Joséphine, exacte au commandement, arriva, elle fut toute tranquillisée de trouver sa maîtresse redevenue elle-même.

La maison qu'habitait Mme de Courtil, rue François Ier, était partagée entre elle et son neveu ; chacun avait son appartement des plus vastes, mais complètement séparé l'un de l'autre ; leur service, de même, était personnel ; ils n'avaient de commun que la même adresse ; pour le reste, ils étaient aussi libres et indépendants que s'ils avaient habité deux villes différentes.

Il était convenu que le jour où Jules le

voulait bien, il dînait chez sa tante ; sinon, ou il acceptait les invitations qui se multipliaient, — n'oublions pas que c'était un parti, — ou il recevait chez lui ses amis.

Ce soir, impressionné par les façons étranges de sa tante, il rentra du club avant son heure habituelle, s'habilla à la hâte et était déjà au salon quand Mme de Courtil fit son entrée.

« Mon cher enfant, lui dit-elle sans lui laisser le temps de parler, j'étais toute souffrante en te quittant tout à l'heure ; je viens de me reposer un peu et suis transformée.

— Que je suis heureux de vous entendre, ma chère tante ! Si vous saviez comme j'étais inquiet ; vous aviez l'air irritée contre moi, et j'avais beau sonder les replis les plus secrets de ma conscience, je ne me trouvais coupable de rien contre vous.

— Ni contre qui que ce soit. »

« Madame est servie ! »

Jules offrit le bras à sa tante, et tous

deux entrèrent dans la salle à manger, véritable bijou, non pas seulement à cause de l'argenterie de la table, qui était remarquable, et des porcelaines de prix qui ornaient les panneaux, mais parce que dans cette pièce, où tout respirait un luxe du meilleur goût, la tante avait ordonné un raffinement de bien-être.

Il y avait ce qu'en Angleterre on appelle un *Dumb waiter* et en France une *servante*, espèce de table à étagères, tournant sur un pivot central, et mettant ainsi à la portée des convives, sans secours étranger, les objets dont ils peuvent avoir besoin.

Mais là n'était pas la seule merveille : de muets qu'étaient les serviteurs, en outre ils devenaient provisoirement sourds et même invisibles. Chaque service présenté, ils avaient pour consigne de quitter la pièce, et ne revenaient qu'à l'appel d'une sonnette électrique placée sous les pieds de la maîtresse du logis. Mme de Courtil n'aimait à donner que des dîners de petit comité, et tout le monde les trouvait des plus agréables, à cause de cette charmante et bonne liberté qui rendait aux repas tout ce qui leur manque en général : le loisir de parler à cœur ouvert. L'appétit serait vraiment meilleur si l'on ne se voyait souvent obligé, tout en mangeant, de rire pendant que les larmes vous serrent la gorge à vous étouffer, ou bien d'éviter de parler de mille choses intéressantes qui, devant témoins, deviennent ou indiscrètes ou dangereuses !

« Ah ! que le bouillon est une bonne chose ! N'est-ce pas, Jules, que cela surpasse tous les autres potages ?

— Ma chère tante, vous oubliez que votre enthousiasme n'est suivi que de loin par votre humble serviteur. J'honore et respecte le bouillon, que je crois excessivement sain et nécessaire ; mais de là à l'aimer véritablement, il y a de la marge ; seulement, je le bois, et vois avec plaisir qu'il vous fait un bien immense. Combien de semaines encore, petite tante chérie, comptez-vous abîmer votre santé avec ce jeûne ?

— Cher enfant, puisque tu respectes les *choses*, étends ce respect jusqu'aux institutions, et surtout à celles de l'Église. Le jeûne que tu condamnes à ce moment est du reste bien anodin ; à côté de ce que faisaient nos pères, notre Carême est une petite plaisanterie.

— Pas pour vous, en tout cas, ma chère tante, car je vous certifie qu'avant de vous mettre à table vous étiez bien pâle, et maintenant on voit que vos couleurs reviennent ; donc vous aviez besoin, c'est logique.

— Tu oublies, mon ami, que je me suis accusée tout à l'heure d'avoir été souffrante. Le jeûne, maintenant, est si peu de chose qu'on ne s'en aperçoit pas. Je connais une famille qui, dans le temps jadis, pendant les quarante jours, ne mangeait absolument à chaque repas que de la morue.

— Pouah !

— En effet, cela n'est pas appétissant; maintenant qu'on se permet de délicieux pâtés de saumon de chez Dronne, on n'a vraiment aucun mérite à pratiquer le jeûne. D'autant plus qu'en le faisant, on a une espèce de satisfaction d'amour-propre qui souvent gâte le tout. Ainsi, pour faire acte d'humilité, je t'avouerai que tes opinions sur mon carême sont partagées par notre excellent et cher docteur. Eh bien! comme il me coûte de lui obéir, j'aurais en cédant satisfait au commandement de pénitence, sinon à la lettre, du moins à l'esprit; mais, que veux-tu? la perversité humaine me pousse à cet entêtement qui nuit peut-être, comme vous le craignez, à ma santé, et je perds sérieusement l'occasion d'assouplir mon caractère... Mon excuse, si j'en ai une, est que ma faiblesse est partagée par maintes personnes pieuses, qui, sur ce point, ne transigeraient pour rien au monde avec la loi du jeûne.

— Chère tante, ce dont je puis vous

assurer, c'est que la femme que vous me donnerez fera pénitence d'une autre façon, si je le juge convenable. »

A ces paroles, le dîner finissant, nos deux convives revinrent au salon. Ici encore, nous entrons dans une pièce où règnent à la fois une grande élégance, unie à un arrangement intelligent et pratique.

Près du feu et garantis par un paravent artistique se trouvent trois sièges plus commodes les uns que les autres, une corbeille renfermant du tricot, ouvrage par excellence des soirées d'hiver, parce qu'il ne fatigue pas les yeux, surtout quand pour travailler on a cette délicieuse invention de lampes jumelles, dont toute la lumière, reflétée par deux globes verts, embellis par de jolis volants de dentelle, tombe perpendiculairement. A côté est une table supportant, outre ces lampes, des journaux, la *Revue des Deux-Mondes* et un roman anglais.

Auprès d'une fenêtre hermétiquement fermée avec doubles portières et l'aide de deux fourrures blanches, l'une posée contre la place des vitres, l'autre par terre, se trouve un second établissement non moins réussi que le premier. C'est un bureau complet, avec lampe de même modèle que celles déjà décrites, mais solitaire cette fois. Elle ne prête sa lumière qu'à la rédaction de ces mille petits billets auxquels on doit répondre dans une soirée, sans compter les correspondances sérieuses qui peuvent incomber à une femme seule, chargée de l'administration de sa fortune.

A côté de la table, près du feu, se placent Mme de Courtil et Jules. Ils prennent le café, et la tante est encore sous l'influence de l'impression du matin à l'église, qu'a renouvelée son neveu en parlant de son futur despotisme sur sa femme, — sa femme !...

« A quoi pensez-vous, chère tante ? Voilà au moins cinq bonnes minutes que je vous offre de l'anisette, et vous ne daignez pas seulement me répondre.

— Pardon, mon enfant, je ne t'avais pas entendu ; merci, je ne prendrai plus rien, je me sens trop surexcitée ce soir. Du reste, il faut bien que je m'explique à la fin avec toi sur ce que j'ai éprouvé ce matin. »

Et elle raconta ce que nous savons déjà de la scène de l'église, mais cela avec son cœur et une telle chaleur que Jules en fut vivement impressionné. En finissant, elle dit :

« Loin de moi l'idée d'aucune superstition, mais le fait d'avoir entrevu cette jeune fille dont j'ignore le nom, au moment où tu venais de me parler de tes futurs projets, lorsque je venais d'adresser au Ciel de ferventes prières pour être aidée dans cette tâche si sérieuse, puisque ton bonheur en dépend, me surprend, et, malgré moi, me trouble. Il me semble que la Providence a permis que cette rencontre se fît à l'église, comme pour me montrer d'une manière sensible le doigt de Dieu. Mme du Vernois, qui chaperonnait mon rêve, est introuvable ; elle n'a pas de jour attitré. Je n'ose lui écrire en lui demandant le nom de sa protégée, car faire la moindre démarche avant de connaître les convenances de famille serait indélicat. Dire que notre jour du Conservatoire n'est que pour Dimanche en huit !

— Mme du Vernois m'a justement arrêté au Bois pour me prier de vous demander de changer votre tour d'abonnement pour Dimanche prochain. Vraiment, ma tante, malgré moi, je me sens ému par toutes ces coïncidences !

— Et si Dimanche la jolie blonde se trouve dans notre loge, je considérerai sa présence comme d'un bon augure. »

La soirée s'avançait, et la tante et le neveu devisaient sur l'avenir. Mme de Courtil évoquait mille tableaux séduisants, se voyait entourée dans sa vieillesse par toutes les tendresses du jeune couple, et notre beau marquis écoutait l'oreille charmée et tressaillit en entendant sa sainte amie lui dire :

« Mais assez bavarder comme cela; voilà qu'il est minuit passé.

— Est-il possible, ma tante? et vous étiez souffrante ce matin! Quelle imprudence de ma part de vous avoir fait veiller aussi tard ! Ah ! pardon !

— Te pardonner d'avoir passé de longues heures à côté d'une vieille tante? Mais quelle plus grande flatterie ! Bonsoir ! »

Et ils s'embrassèrent tendrement.

A la même heure, en pénétrant dans la chambre d'Emma, nous la trouverons au lit, mais tout éveillée ; sa marraine l'entendant bouger entra pour lui assurer encore une fois qu'il était certain que Dimanche elle irait au Conservatoire.

Expliquez comme vous le voudrez cette même préoccupation entre personnes qui ne se connaissent même pas encore.

CHAPITRE V

Voici le fameux Dimanche tant désiré à des titres si différents. Emma entendit la messe à la Madeleine, et quoique Mme du Vernois lui avait promis d'arriver au concert à temps pour voir le lustre s'allumer, la loge n'était pas vide quand elles y entrèrent. Mme de Courtil, tremblante comme si son propre avenir dépendait de cette entrevue, était déjà à sa place, et si nous ne craignions d'encourir la disgrâce du terrible Jules, nous vous dirions qu'il est dans la salle, errant comme une âme en peine de voir sans être vue.

Le bonheur voulut qu'il se trouvât juste en face de la loge de sa tante quand la porte s'ouvrit, pour permettre à Mme du Vernois d'entrer, précédée d'une jeune fille.

Comme Mme de Courtil était pâle ! Jules épiait tout, et vit avec satisfaction la jeune inconnue faire une respectueuse révérence à sa tante. Si souvent il avait déploré à part lui la détestable façon de saluer de la jeunesse d'aujourd'hui. N'importe le rang, l'âge de la personne qu'on devrait honorer, on voit des jeunes filles bien nées faire de la tête un petit signe presque protecteur ; ceci lui avait toujours paru de la dernière inconvenance, et, pour cette fois, il avait raison.

La première impression fut bonne ; ensuite, en regardant bien notre héroïne, il trouva que l'admiration de sa tante était justifiée : sa jeune voisine était tout à fait jolie. Aussi, avant d'entrer lui-même en scène, s'arma-t-il de pied en cap : il ne voulait pas paraître comme un soupirant ordinaire. C'était le moment ou jamais de mettre en pratique les nombreuses théories qu'il avait sans cesse déclamées sur la manière habituelle par laquelle il voulait d'abord faire sa cour et ensuite entrer en ménage. Pauvre garçon ! en approchant de la loge, il venait de se dire : « Attention, elle est jolie ; tâche de ne pas avoir l'air de t'en douter, et surtout pas un seul compliment. »

« Marquis, lui dit Mme du Vernois, j'ai des excuses à vous faire ; l'autre jour, au Bois, je vous ai arrêté d'une manière bien cavalière, mais j'étais pressée, et puis, entre vieux amis, il est permis de ne pas être si cérémonieux, n'est-il pas vrai ? »

Jules salua et regarda sa tante, qui, avec une figure illuminée, lui dit : « Mon enfant, je vais demander à ma nouvelle petite amie, Mlle de Bernon, la permission de lui présenter mon neveu, le marquis du Préau. »

C'est à peine si Emma se retourna, salua

du haut de sa petite grandeur, et regarda vivement l'orchestre qui commençait l'exécution de la splendide symphonie de Beethoven en *ut* mineur.

Je renonce à la tâche de suivre la physionomie de notre héroïne, électrisée par ce chef-d'œuvre du roi des rois de la musique, interprété par ces artistes d'élite.

Jules, du coin de l'œil, l'épiait, jusqu'à ce que lui-même, empoigné, finit par se donner tout entier à son amour pour la musique ; et en écoutant de toute son âme, il oublia toute idée de projet de mariage et des théories à suivre en pareil cas.

La symphonie terminée, Emma dit à sa marraine : « En jouant l'andante à quatre mains avec Cécile, nous allions mille fois trop vite, et le finale beaucoup trop lentement. »

Bon, pensa Jules, voici une pensionnaire qui se croit en droit de jouer les maîtres ; faut-il renoncer à trouver une jeune fille ne sachant pas la musique, et surtout n'en faisant pas? Ah ! si on pouvait fermer tous les pianos mal joués!

Mon cher marquis, vous faites injure ici à votre charmante voisine ; vous êtes auprès d'une pianiste hors ligne. Mais que de choses arriveront avant que vous ne vous en aperceviez !

Mendelsshon, Berlioz, Haydn viennent à leur tour compléter le programme. Emma ne dit plus rien; elle a répondu à plusieurs questions sans importance pendant le concert, mais elle est comme dans un état de somnambulisme, prend congé de Mme de Courtil et de son neveu comme si elle n'était que son ombre, en voiture se plaint de grande fatigue, ne souffle plus mot, et, en arrivant chez sa marraine, elle lui demande la permission de se coucher.

Permission accordée aussitôt. Mme du Vernois avait parfaitement compris la grande tension des nerfs d'Emma, trop vivement impressionnée par la grande jouissance qu'elle venait d'éprouver, après l'avoir tant et si fiévreusement attendue.

Sa marraine était beaucoup moins tourmentée de l'indisposition d'Emma qu'elle l'eût été sans sa propre préoccupation.

Mme du Vernois avait remarqué que Mme de Courtil tressaillit de joie en entendant le nom de Bernon. Emma se trouvait être la fille d'une de ses amies de pension. Mais pourquoi cette joie ? Elle n'osait le comprendre, tellement ce serait heureux !

CHAPITRE VI

Ah ! les arrangements matrimoniaux en France sont vite bâclés ! Un mois s'est à peine écoulé depuis le fameux concert : Jules et Emma sont déjà fiancés.

Après des pourparlers entre les familles, Mme du Vernois pria M. de Bernon de venir à Paris chercher sa fille, afin de recevoir la demande officielle du marquis du Préau, et tout fut arrangé.

Mais qu'avait dit la jeune fille ? En tout premier lieu, elle croyait que sa marraine plaisantait quand elle lui en parla : « Ce jeune homme désire m'épouser? Mais il y a erreur ; c'est à peine s'il m'a parlé ! »

Enfin, elle se laissa persuader, exigeant pourtant, avant de se déclarer définitivement, quelque temps de réflexion et la permission de revoir le jeune homme qu'elle avait à peine aperçu.

Mme de Courtil s'empressa de donner un dîner à Mme du Vernois et à sa protégée, et, après le repas, les deux amies firent semblant de chercher quelque chose dans le bureau, afin de permettre aux jeunes gens de s'expliquer.

Comprenant cette tactique, Emma fut prise d'un grand tremblement intérieur, et ne sachant quelle contenance tenir, elle prit le tricot à sa portée et fit des mailles d'une haute fantaisie.

« Mme du Vernois m'a donné l'espoir que vous daignerez m'écouter, finit par dire Jules ; seulement, Mademoiselle, je tiens à vous prévenir que je suis d'un caractère bien bizarre et original. Vous voulez me voir davantage, et il paraîtrait que vous ne vouliez pas croire que je puisse briguer à l'honneur de votre main, parce que vous trouviez que je n'avais pas eu l'air de faire assez attention à vous, l'autre jour, au Conservatoire. Est-ce vrai ? »

Emma sentit qu'elle devenait pourpre jusqu'au cou. Dans la manière dont ceci avait été dit, il y avait une pointe d'ironie ; elle vit que sa pensée était dénaturée et répondit :

« En effet, Monsieur, quand marraine me parla de vous, je croyais qu'elle se trompait ; comment pouviez-vous vouloir m'épouser sans me connaître davantage ? Vous ne m'aviez seulement pas parlé !

— Je ne puis admettre, Mademoiselle, que vous soyez de ces jeunes filles à imagination maladive qui ne croient au bonheur du mariage que lorsqu'il est précédé par une de ces fortes secousses qui terrassent la raison, et qui souvent ne durent que très peu de temps. Moi, je puis en homme d'honneur vous offrir, avec *toute ma raison*, la loyauté de sentiments qui ne se mainfesteront jamais en compliments que je trouverais indignes de vous, mais qui seront stables comme ma parole. Aurez-vous assez de confiance, Mademoiselle, pour unir votre sort à celui d'un être qui ne sait pas dire de jolies choses, mais qui, au fond de l'âme, en sent de bien belles ? »

Malgré ces paroles si pleines de fierté, Jules en les prononçant avait à son insu un ton presque suppliant; il regardait Emma avec des yeux si vrais, qu'elle se sentit subjuguée.

Pour toute réponse, elle lui tendit la main; il la serra, et tirant de son petit doigt une bague qu'il portait toujours, enrichie d'un magnifique rubis cabochon, il la lui mit en disant : « Elle me vient de celle qui n'est plus ; puisse-t-elle nous porter bonheur ! »

Emma, émue, porta la bague à ses lèvres en murmurant : « Elle me sera doublement chère ! »

CHAPITRE VII

Madame de Bernon avait suivi son époux à Paris, et, depuis le matin jusqu'au soir, elle ne sortait pas des magasins. Le trousseau prenait tout son temps. Emma avait tiré son épingle du jeu, en déclarant à sa mère qu'elle lui donnait carte blanche : « Maman, avait-elle dit, tout ce que vous choisirez sera bien mieux que si je m'en mêlais ; aussi, je vous en supplie, allez sans moi, afin que je puisse jouir de Paris. Cette bonne miss Burns me conduit partout, et je m'amuse tant ! »

Et au lieu de ne penser qu'aux chapeaux et robes, elle visitait avec son ancienne institutrice les musées, les églises, prenait des leçons d'accompagnement, etc.

Et Jules?... Craignant de ne pouvoir rester à la hauteur des théories qui lui paraissaient sincèrement nécessaires à son bonheur, ayant eu une ou deux fois presque sur les lèvres des louanges et des compliments bien mérités pour sa charmante Emma, ce fiancé peu empressé se trouva trop heureux de pouvoir profiter d'une bonne excuse pour quitter temporairement le champ de bataille, dont il était déjà tenté d'abandonner le plan si rigoureusement tracé par lui lorsqu'il ne connaissait pas encore Emma et qu'il était désolé des terribles douleurs de son frère. Mais, comme nous l'avons déjà fait pressentir, notre héros avait une volonté de fer; à tort ou à raison, tout devait plier devant elle, lui-même tout le premier.

Il était parti pour la terre du Préau,

magnifique domaine qu'il possédait en Bretagne, et remettait les choses en ordre pour la réception de la future marquise, qui devait passer dans cette terre huit mois de l'année.

Les jeunes gens s'écrivaient, mais rien dans les lettres de Jules n'aurait fait deviner aux lecteurs non initiés que c'étaient là les épîtres d'un fiancé. Un tuteur, un frère aîné bien pensant n'auraient pas autrement dit les mêmes choses. Emma écrivait simplement une espèce de compte rendu de ses nombreuses promenades : on aurait dit un journal de voyage !

Le mariage devait se faire à Bon-Séjour, dans la propriété de M. de Bernon, et quinze jours avant la cérémonie, Jules et Mme de Courtil arrivèrent. Pendant le trajet de Paris au château de son futur beau-père, Jules parut à sa tante maussade et de mauvaise humeur. Ne sachant à quoi attribuer cet état d'esprit si peu de saison, elle lui en demanda très franchement la cause.

« Ma chère tante, dit le futur, j'envisage avec terreur les heures qui vont s'écouler jusqu'au jour de mon mariage. Des parents, des amis de Mlle de Bernon vont épier mes faits et gestes; sa grande amie Cécile de Mirelle sera là : je crains son influence sur Emma. Par ce que m'en dit Fernand de Courlanges, qui l'a rencontrée en Ecosse chez lady Darn, ce n'est pas du tout l'amie qu'il faut à ma femme. Du reste, je ne vois pas que Mme du Préau doive se lier énormément avec qui que ce soit en dehors de nos familles. Puis ces interminables soirées : la pauvre petite se croira obligée de me faire honneur de ses morceaux de piano les plus difficiles. Vous savez, ma tante, que la patience n'est pas mon fort, et je crains de ne paraître qu'un soupirant bien maussade. »

La bonne Mme de Courtil eut un frisson; elle qui trouvait déjà son Jules un peu froid, que serait-ce, grand Dieu ! s'il devenait tout à fait désagréable ?

Aussitôt après leur arrivée à Bon-Séjour, Mme de Courtil, croyant bien faire, profita de ce qu'Emma la menait elle-même dans sa chambre pour lui glisser à l'oreille :

« Ma chère enfant, puis-je vous demander une faveur ?

— Si c'est en mon pouvoir de vous faire plaisir, chère madame, parlez et vous serez obéie.

— Mignonne, vous n'êtes pas sans savoir que notre pauvre Jules ne peut encore se consoler de la mort de son frère Edmond ; et, depuis, la musique de chambre lui fait un mal immense. Votre charmant caractère et le grand bonheur qu'il va goûter auprès de vous adouciront, j'en suis convaincue, l'amertume de sa peine ; mais, jusque-là, pensez à ce que je vous ai dit. »

Emma répondit d'une manière affirmative, mais sentit malgré elle son cœur se serrer. Heureusement que sa grande amie Cécile arrivait; elle devait être demoiselle d'honneur.

Mme de Mirelle, d'origine anglaise, avait élevé sa fille d'une façon qui choquait les uns et étonnait les autres ; mais sous des allures très indépendantes, Cécile cachait un excellent cœur. A peine arrivée, elle se jeta dans un fauteuil et dit :

« Il est quatre heures, Emma chérie; veux-tu me faire servir du thé ? et après ce goûter, j'écrirai une lettre à ce pauvre Fernand. Vraiment, son tuteur choisit un bien mauvais moment pour quitter ce monde. Je me faisais une telle fête de le rencontrer aux noces ici.

— Comment, M. de Courlanges est en deuil ; il ne viendra pas assister au mariage de son ami ? M. du Préau va être désolé : il l'aime tant !

— Pourquoi parles-tu de ton fiancé en l'appelant autrement que Jules ? Voilà plusieurs fois que cela t'arrive depuis que je suis ici, et cela m'agace furieusement !

— Bon, je tâcherai de ne plus recommencer; mais, dis-moi, comptes-tu épouser

M. de Courlanges ? Tu le nies ? Eh bien ! comment se fait-il que tu lui écrives?

— Oh! la la! ma charmante étonnée, s'il me fallait épouser tous les hommes à qui j'écris tous les jours, pour une chose ou l'autre, on se croirait en plein pays des Mormons. Mais as-tu seulement entendu parler de ce pays-là, ma belle ingénue? Pardon ! j'oubliais que tu joins l'érudition d'un puits de science à une parfaite naïveté. »

Le soir de l'arrivée de Cécile, il y avait un grand dîner de gala et une soirée de contrat. Avant de descendre, Emma, vêtue d'une ravissante toilette rose qui rehaussait d'une manière éclatante sa beauté, entra dans le boudoir attenant à la chambre de Mme de Courtil pour lui offrir un bouquet de roses thé qu'elle avait très bien groupées dans des branches d'héliotropes assortis à la robe de deux tons lilas que celle-ci devait mettre.

Jules attendait sa tante, et fut émerveillé de l'apparition de sa fiancée en grande toilette. C'était la première fois qu'il la voyait ainsi, et eut toutes les peines du monde à retenir un cri d'admiration.

« Combien je suis peinée d'apprendre qu'un deuil de famille vous privera de la société de votre ami M. de Courlanges.

— Ma tante sait-elle déjà la triste nouvelle que je venais lui annoncer ?

— Elle ne m'en a rien dit ; je l'ai apprise par Cécile.

— Comment, Mlle de Mirelle est au courant ? Du reste, cela ne m'étonne pas, car le facteur, ce matin, apportait trois ou quatre lettres pour elle avant même son arrivée. A ce propos, j'ai à vous prévenir d'un sacrifice que je vous demanderai. Quand vous serez ma femme, — sa voix devenait si douce en lui parlant,— cela vous coûtera-il beaucoup de prévenir votre grande amie que toutes vos correspondances passeront sous mes yeux ?

— Que vous sachiez ce que je lui dis, cela ne me fera rien. Mais, ajouta-t-elle en hésitant, je ne sais si pour elle ce serait la même chose.

— Même en lui offrant toute mon amitié avec la vôtre ? Au lieu d'une affection, elle aura celle de deux amis.

— Certainement que votre proposition, sous ce point de vue, lui fera un grand plaisir. »

Mais Emma, sans savoir pourquoi, sentit encore une fois dans cette journée son cœur se serrer.

CHAPITRE VIII

L'IMPRESSION que Jules faisait aux amis d'Emma n'était pas favorable. On ne savait comment définir ce qui lui manquait, mais on craignait pour l'avenir de la jeune fille. Aussi, le matin du mariage, bien des cœurs étaient tristes et se demandaient si cette union, si brillante sous le rapport du nom et de la fortune, allait être aussi heureuse qu'elle le devait.

Emma, en costume de mariée, était radieusement belle; et, fier de sa jolie compagne, jamais Jules ne s'était montré plus à son avantage, aux yeux de tous, qu'au moment où il sortait de la chapelle du château de Bon-Séjour.

Mme de Courtil se rappela d'avoir vu en songe ce beau couple à pareille fête, et trouvait que la réalité dépassait ses rêves.

Les mariés devaient partir en chaise de poste à quatre heures. A trois heures et demie, le déjeuner finissant, Jules s'approcha de sa femme et la pria tout bas de s'apprêter au départ.

Quand elle fut prête,— il l'attendait à sa porte,— et l'entraînant tout doucement par un escalier de service, il lui dit : « Voulez-vous m'écouter et me suivre? Ne faisons point d'adieux ; partons par la porte du jardin potager, la voiture nous y attend. En voyant votre mère, vous vous feriez mal l'une l'autre, et je ne voudrais aucun nuage dans vos yeux aujourd'hui. »

Il la fit marcher presque malgré elle, mais ne put empêcher de grosses larmes de tomber. Tribut bien juste payé à ce

Bon-Séjour où toute sa vie s'était écoulée jusque-là auprès de parents qui n'avaient qu'une préoccupation au monde, celle de son bonheur.

« Emma, ne pleurez plus, je vous en supplie, vous me faites mal ; pensez que votre mère n'aura pas eu à souffrir l'angoisse si terrible du départ. »

Tout en sanglotant, elle lui dit :

« Ne craignez-vous pas, au contraire, qu'elle soit fâchée de notre fuite précipitée ?

— J'ai prévenu M. de Bernon, et il m'a fort loué de ce projet, qu'il trouvait très prudent. Ainsi, vous ne devez plus avoir de craintes à ce sujet, et vous allez être bien sage, n'est-ce pas ? »

Il prit de ses mains un mouchoir et lui essuya les yeux. Pour la distraire, il lui passa alors une liasse de papiers bleus qui l'intriguèrent fort. En les ouvrant, elle s'aperçut que c'étaient des télégrammes, des vœux faits pour leur bonheur. La plupart venaient du Préau, et, excepté celui du curé, les autres étaient rédigés d'une façon trop drôle. Un surtout ne put, malgré ses larmes, empêcher Emma de rire; il était ainsi conçu :

« Souhaite souhaits, félicite félicitations de votre félicité.

» JEAN-PIERRE, *fermier.* »

Quand elle parut plus calme, le mari d'Emma fit un assaut d'efforts pour la distraire ; comme il était d'un esprit très brillant quand il voulait bien s'en donner la peine, Emma n'eut pas grand mérite à l'écouter; elle ne le reconnaissait plus: c'est qu'aujourd'hui, pour un moment, il oubliait ses froides théories et prenait à tâche de lui plaire, et il y parvint facilement.

Au Préau les attendait une réception digne des anciens temps, quand le respect existait dans les campagnes pour ceux qui y faisaient le bien. Rien ne manquait : arcs de triomphe, cortèges des enfants des asiles et des écoles, fondés par la famille du Préau, qui vivait sur cette terre depuis plusieurs siècles.

Nous allons laisser notre héroïne passer l'été moitié ici, moitié à Bon-Séjour. Ces mois d'été furent à peu près calmes et heureux, — je dis à peu près, — parce que notre Emma avait souvent l'occasion de montrer combien son caractère était conciliant et doux ; souvent l'une et l'autre de ces vertus étaient mises cruellement à l'épreuve. Une des discussions les plus sérieuses qu'elle ait eues dans les premiers temps de son mariage prit naissance un matin. Ils faisaient tous deux le tour des écuries, qui étaient tout à fait remarquables, et Emma demanda naturellement à son mari :

« Quel cheval me ferez-vous monter ?

— Vous, monter à cheval ! — Il prit un air de courroux. — Mais jamais je ne le permettrai ! »

Emma le regarda tout étonnée. Comment

la pauvre enfant pouvait-elle se douter que la belle-sœur de Jules, ce fantôme qui venait troubler si souvent leur joie, ne perdait pas une chasse à courre ; aussi demanda-t-elle :

« Pourquoi ?

— D'abord, mon amie, répondit-il de ce ton dogmatique qu'il prenait, hélas! si souvent, lorsque j'émets ma volonté, je n'aime pas trop expliquer mes raisons; ensuite, à mon avis, rien n'est moins comme il faut pour une femme que le rôle d'amazone ; puis votre costume rend cet exercice des plus dangereux. Que d'accidents peuvent survenir ! »

Emma ne put empêcher un mouvement d'humeur, en répondant :

« Je monte depuis l'âge de quatre ans et ne suis pas tombée une seule fois ; pourquoi commencerais-je à le faire maintenant?

— Vous ne tomberez plus de cheval, moins maintenant qu'avant, car l'occasion de le faire vous manquera désormais. Je le répète une dernière fois, je ne permettrai jamais à ma femme de devenir une écuyère ! »

Pauvre Emma était bien à plaindre : elle se cachait déjà pour faire de la musique, et voilà que sa seconde passion, l'équitation, lui échappait encore ! Cette fois, son chagrin était trop vif; pour lui donner facilement le change, elle quitta brusquement l'écurie pour ne pas être vue des grooms et pleura amèrement.

Au bout de cinq minutes, Jules s'arrêta devant le banc sur lequel elle s'était réfugiée et lui dit :

« Emma, les larmes loin de m'émouvoir m'endurcissent; aussi séchez les vôtres. Je regrette fort de ne m'être pas déclaré sur ce pénible sujet au moment où vous étiez libre ; c'est un oubli de ma part que je déplore, car j'espérais avoir prévu tous les cas désagréables et évité à notre union ces tracas. Je vous laisse seule, pour que le calme vous revienne plus vite. Souvenez-vous que c'est pour deux heures que j'ai commandé le panier.

— Je ne sortirai pas aujourd'hui, dit-elle.

— Faites comme vous voudrez! Mais, pour l'amour du Ciel, Emma, ne nous boudons pas : ce serait si peu *vous !* »

Quel combat eut à soutenir ce pauvre cœur froissé ! Combien lui semblait précieuse cette occasion de montrer, elle aussi, à son tour, de la fermeté et une volonté !

Pour sauver les apparences, et afin que les gens pussent croire à une feinte indisposition, elle revint à la maison, entra dans sa chambre, et finalement son bon cœur prit le dessus. Elle s'agenouilla un moment sur son prie-dieu, fit une courte prière, se leva fortifiée et descendit le perron assez à temps pour entendre Jules demander :

« Madame est-elle prévenue que la voiture est avancée?

— Madame la marquise descend. »

En effet paraissait à ce moment Emma,

qui finissait de mettre un gant. La figure de Jules s'illumina. Evidemment il ne s'attendait pas à ce courage. Y en a-t-il, en effet, de plus grand que celui de maîtriser son humeur? Aussi lui dit-il, en l'aidant à monter en voiture, un « Merci » qui lui fut droit au cœur.

CHAPITRE IX

Nous sommes de retour à Paris ; l'hiver commence, et avec lui cette kyrielle d'obligations qui devinrent bientôt de lourdes croix à la fêtée marquise du Préau.

La malchance avait voulu que la santé de Mme de Courtil la forçât à passer cette année la saison à Nice, elle dont les conseils auraient pu éviter tant de mécomptes à Emma !

Jules avait repris ses habitudes de club, et revenait des réceptions où il menait sa jeune femme chaque soir avec un nouveau sermon. Tantôt sa coiffure était par trop provinciale. Blasphème ! les superbes nattes que vous connaissez ! Vous avez entendu la princesse S... s'en moquer; la belle malice cousue de fil blanc. C'était l'envie qui la faisait parler. Une autre fois, la vieille Mme de Saint-D... lui avait fait une sortie terrible devant tout le monde. « Marquis, je sais très bien que mon rang est loin de valoir celui de Mme du Préau ; mais rappelez-lui, je vous prie, que vieillesse oblige, et elle n'aurait nullement dérogé en se faisant nommer à moi. »

Le lendemain, nouvelle altercation, et celle-ci tenait presque de la furie. La pauvre débutante était tombée dans l'excès contraire, et s'était fait présenter à une de ces étrangères qu'on reçoit on ne sait comment ni pourquoi. Jules était tellement furibond qu'Emma en perdit la tête, et, cette fois, elle pleura encore devant lui.

Notez que ce n'était que lorsque le mal

était irrémédiable qu'il se fâchait, au lieu de le prévenir, et de styler petit à petit sa femme à ce code du monde si bizarre dans ses statuts, si simple aux initiés.

La soirée de l'aventurière, comme l'appelait Jules, fut le dernier des néfastes exploits de la marquise. Après une nuit blanche, les yeux tout gonflés, Emma, le lendemain, prévint son mari que, s'il voulait bien ne pas s'y opposer, elle ne sortirait plus. « Je me sens souffrante; je crois que le repos m'est des plus nécessaires ! »

Jules acquiesça, sans plus s'inquiéter de ce que sa femme lui disait de sa santé que si elle n'en avait pas parlé, trop enchanté de jouir dorénavant des plaisirs du monde sans trembler à chaque minute de voir Emma faire une grosse bêtise. « Vous pouvez vous dispenser d'aller aux grandes réceptions sans que cela se remarque; mais voici le Carême, et il faudra bien vous décider à venir aux petits comités. Et, pour la première fois, il la mit en garde bien inutilement sur ce qui arriverait probablement : « Quand on se réunira dans l'intimité, on vous demandera sans doute de faire de la musique ; or, rien n'est plus parvenu que d'accepter, à moins qu'on ait un talent supérieur. » Ah ! mon pauvre ami, quelle bonne occasion vous avez perdue là de vous taire, puisque Mme de Courtil s'est déjà chargée de lui dire à peu près la même chose !

CHAPITRE X

MAINTENANT qu'ils ne sortaient presque plus jamais ensemble, Jules et Emma vivaient complètement de deux vies à part, et, chose triste à constater, ils étaient beaucoup plus heureux comme cela. Elle profitait de sa liberté pour faire de la musique à cœur joie, et lui ne se souvenait de son mariage que lorsqu'il ne se voyait plus en butte à l'ambition des mères ayant des filles à marier.

Mais avec le printemps recommençait la vie de campagne, et le bonheur de nos époux allait, après de durs moments, subir une troisième et définitive transformation.

Le Préau est rempli de visiteurs : les nouveaux mariés y reçoivent pour la première fois tous leurs parents et amis. Mme de Courtil se porte infiniment mieux ; Cécile et Fernand sont fiancés. Tout ce monde examine, questionne Emma sur son bonheur. Celle-ci répond toujours qu'elle est enchantée de son sort, comme l'on dit qu'on est ravi de voir n'importe quel indifférent.

Fernand, de son côté, questionne Jules, qui lui dit que sa femme est une bien bonne enfant.

« Mais que diable, répond celui-ci, cela ne suffit pas !

— C'est ce que je me suis dit quelquefois; mais, que veux-tu, je suis peut-être plus heureux comme cela, avec mon caractère aigri par le passé.

— D'abord, ta femme aurait dû te faire oublier ce passé. Mais comment se fait-il que tu ne sois pas entièrement heureux? Dans ses lettres à Cécile, Mme du Préau montre un esprit transcendant.

— Tu trouves? dit Jules, qui, malgré sa menace, ou sa convention, comme vous voudrez l'appeler, de lire la correspondance de sa femme, se contentait de parcourir les lettres de Mlle de Mirelle, et souvent s'était mis à sourire en voyant les volumes que sa femme lui répondait. Comme cela devait être fade !

— Puis, toi, qui aimes tant la musique, vous devez trouver encore des atômes crochus à en faire ensemble ?

— Mais elle n'en fait jamais !

— Comment cela? Je l'ai entendue encore ce matin, en me cachant, il est vrai. Cécile m'avait prévenue que son amie étudiait tous les matins, de sept à neuf heures?

— Tu plaisantes, assurément ?

— Ta femme interprète ton favori Chopin comme personne, et tu veux être assez égoïste pour être seul à l'entendre !

— Je te jure que je n'ai jamais entendu ma femme jouer une note ! »

Fernand vit bien que son ami était sincère; il pressentit un mystère et se tut, jusqu'à ce que, croyant avoir fait une découverte, il s'exclama :

« Si, à la maison, la compagnie de ta femme, pour une raison ou l'autre, ne t'offre pas un grand attrait, combien tes promenades à cheval doivent te plaire ; il paraît qu'elle monte si bien !

— Emma ne monte plus à cheval. »

Cet échantillon de questions maladroites fut répété à table; mais Emma était là, et, voyant le trouble de Jules, elle tourna la conversation, après avoir donné des réponses plausibles sur tout. Seule, Mme du Vernois, qui se trouvait de la réunion, ne se laissa pas tromper. Elle essaya de toutes les façons de tirer des confidences de sa chère filleule, mais ne put y parvenir.

Emma, dès son arrivée, les tous premiers jours de son mariage, avait établi au Préau un Patronage. Sous sa haute et intelligente direction, cette œuvre pie donnait les fruits les plus heureux.

Quarante jeunes filles se réunissaient, chaque Dimanche, dans la maison des sœurs, et là on les amusait en les instruisant; les médisances et bien d'autres péchés étaient ainsi évités.

Jules avait froissé sa femme, en ayant l'air de se moquer de l'importance que notre bonne Emma donnait au début de son installation ; aussi ne lui en parlait-elle jamais.

Cécile, au courant de tous les faits et gestes de son amie, lui avait demandé de lui montrer ses protégées; il avait été convenu que cette visite aurait lieu le lendemain de la conversation de Jules et Fernand.

On ne peut s'imaginer l'impression qu'il avait faite sur le mari d'Emma. Il n'avait pu dormir de la nuit. Il était furieux contre son ami, qui semblait mieux connaître sa femme que lui-même ; il se sentit irrité de n'être pas plus heureux, et cela d'autant plus qu'au fond, sa conscience lui disait qu'il était seul coupable et qu'il ne pouvait s'en prendre qu'à lui-même. Mais que faire? Comme Emma avait été intelligente à dîner? Pourquoi se sentait-il si troublé quand on avait parlé des deux points épineux : la musique et l'équitation? Elle avait décidément pris son parti bien vite et n'y tenait plus, sans quoi, pour sûr, elle se serait donné des airs de victime.

Très agité et encore de très mauvaise humeur, Jules prit part au déjeuner du lendemain avec une figure faisant ombre complète au tableau que présentait la salle à manger. Les physionomies des convives respiraient la gaieté et l'entrain; tout le monde se faisait une fête d'assister à la distribution trimestrielle des récompenses données aux jeunes filles du Patronage.

Emma inaugurait ce matin-là un costume d'été en percale rose; cette couleur était sans contredit celle qui faisait le mieux ressortir ses tresses d'un blond doré.

A son entrée, retardée par les ordres multiples qu'elle avait dû donner, elle reçut une véritable ovation.

« Pardon, mes bons amis, d'avoir manqué à tous mes devoirs de maîtresse de maison ; mais j'ai eu tant de choses à m'occuper que je suis en retard. »

Jules, tout en tâchant de paraître poli avec ses voisines de table, était au supplice.

Jamais Emma n'avait eu cet air enjoué quand ils déjeunaient en tête-à-tête. Et cette toilette... comme elle lui va bien, et c'est pour sortir sans lui qu'elle fait tous ces frais de coquetterie ; mais heureusement il est là pour mettre bon ordre à tout cela. Et où va-t-on ? Il n'en sait rien : on ne s'occupe pas plus de lui que s'il n'existait pas. Il se disait cela et bien d'autres choses encore. Il lui tardait de ne plus voir tous ces importuns autour de lui et d'Emma ; s'ils étaient seuls, il se sentirait bien soulagé.

Voilà pourtant plus d'un an qu'ils sont mariés, et, pour la première fois, ils sont entourés, et par qui ? Par leurs parents, leurs amis les plus intimes. A Paris, il avait craint la solitude de la campagne, la société de sa femme pour unique ressource ne lui souriait pas, et maintenant il trouve qu'on l'entoure trop ! Que veux dire tout cela ? Il n'y comprend rien lui-même.

Emma était d'une gaieté folle ; elle riait aux éclats à chaque minute, à propos de tout et de rien, et chaque fou rire était une discordance épouvantable pour les nerfs surexcités de Jules.

« Ma petite Emma, veux-tu me faire le plaisir de te faire photographier dans cette robe rose, je te peindrai après, et tu verras que ce sera ton plus joli portrait, lui dit Cécile. »

Notre irrité cherchait un objet sur lequel faire éclater toute sa colère; la supplique de l'amie de sa femme fut faite au moment où on descendait prendre le café sur la terrasse. Jules saisit cette occasion pour arrêter brusquement Emma par le bras, qu'il serra jusqu'à lui faire presque mal, en lui disant d'un ton qui ne permettait pas de réplique : « Vous ne sortirez pas ainsi habillée ; allez changer votre costume. »

La foudre tombant à ses pieds n'aurait pas plus surpris Emma ; elle eut peur, mais ne put s'empêcher de répondre :

« Si ma robe vous déplaît, je ne la remettrai plus, mais je suis déjà en retard, ajouta-t-elle, d'un ton d'enfant qui supplie. Laissez-moi partir comme cela !

— J'ai dit, n'est-ce-pas? Si vous êtes en retard, dépêchez-vous ; mais j'entends être maître chez moi. Allez ! »

Emma sentit le regard de Cécile la transpercer. Ce terrible colloque venait d'avoir lieu tout bas, mais il était facile, pour celui qui voyait l'expression des yeux de Jules, de s'apercevoir qu'il ne disait pas précisément des douceurs ; aussi s'approcha-t-elle de son fiancé et lui dit : « Votre ami a déjà dû battre sa femme ! »

Fernand éclata de rire; mais, voyant le sérieux de Cécile, il regarda Jules et fut atterré de sa mine bouleversée. Il s'approcha et lui demanda s'il se sentait malade ?

— Non ! répondit-il sèchement.

— Pourquoi ne viens-tu pas avec nous au Patronage ? Cela te distrairait, et nous serions encore plus gais ; tu sais, plus il y de fous, plus on s'amuse.

— Merci, je ne veux pas être un trouble fête. »

Et, en disant cela, il entra dans la bibliothèque, qui avait une porte donnant sur le jardin, ferma les volets comme s'il voulait se garantir du soleil, mais en réalité il voulait, sans être aperçu, assister au départ de sa femme.

Les voitures s'avancent, et il entend Cécile s'écrier : « Mais, tu es folle, Emma ! Pourquoi as-tu ôté ta robe rose ?

— Elle me gênait, et je veux avoir mes

mouvements bien libres pour servir le goûter aux petites ! »

S'approchant de son amie, Cécile lui dit tout bas, juste contre la fenêtre qui cachait Jules :

« Est-ce aussi à cause des petites que tu es si pâle, dis? »

— Moi pâle ! ah ! je ne sais pas ! »

Où sont ses belles couleurs de ce matin et son enjouement? Jules eut un remords, et, pour un rien, eût appelé sa victime et lui eût proposé de remettre sa toilette rose, à condition qu'elle l'inviterait à assister à la séance.

Emma, une fois assurée que son mari ne se montrerait plus avant leur départ, commença à respirer. Elle avait mis une robe grise toute simple, qui lui allait à ravir, la jolie petite, en lui donnant l'air d'une modeste sœur des pauvres; mais comment savoir si monsieur ne la forcerait pas une seconde fois à changer?

Enfin, on partit. De tous les châteaux

environnants, les dames patronesses devaient se rendre à cette cérémonie, à laquelle assistaient aussi le curé, M. le maire et un délégué de Monseigneur l'évêque de Vannes.

Après le discours d'usage, précédé d'un morceau de musique, on devait distribuer les récompenses : des livrets de la Caisse d'épargne, des montres en argent, des robes, du linge, etc., etc.

Ensuite, les jeunes filles chantaient un chœur que leur avait appris Emma. M. le curé prononçait une courte homélie, bénissait l'assistance, et le programme se terminait par une brillante fantaisie exécutée par l'organiste de la ville voisine, qui s'était engagé à tenir le piano en ce jour solennel. Mais, oh ! mécompte ! au moment où les notabilités faisaient leur entrée, le facteur, essoufflé, remit à Emma une dépêche. L'artiste qu'on attendait pour commencer la séance annonçait avec désespoir qu'il avait manqué le train, et ne trouvant qu'une carriole pour le transporter, qu'il arriverait juste au moment où tout serait fini.

Emma songea à faire atteler un cheval du château et à l'envoyer quérir ; mais ce double voyage ne pouvait faire regagner le temps perdu. Seigneur, quel guignon ! Emma était désolée.

« Mets-toi donc au piano, lui dit Cécile.

— Mais je n'ai pas de musique.

— Qu'est-ce que cela fait ! Improvise, cela n'en vaudra que mieux. »

Sur le moment, Emma ne songea qu'à la seule manière de se tirer de ce fâcheux contre-temps, et bravement, par cœur, arrangea, improvisa l'ouverture de la *Grotte de Fingale*, de Mendelsshon, qu'elle n'avait jamais jouée qu'à quatre mains. Ce tour de force fit éclater un tel tonnerre d'applaudissements que la salle d'asile semblait devoir crouler.

L'auditoire d'élite qui venait d'entendre Emma pour la.première fois n'en revenait pas. Un pareil talent rester ignoré! Tout le monde en parlait, et le délégué de l'évêché fut obligé de tousser plusieurs fois pour faire comprendre qu'il allait commencer son discours.

Quant à Emma, ce ne fut qu'en s'entendant applaudir qu'elle s'aperçut avoir accompli une chose tout à fait en dehors des idées du marquis. Tant pis ! Quand il était loin, elle se sentait beaucoup plus brave.

Ce morceau, qu'elle avait choisi au hasard, avait évoqué de bien profondes réflexions dans le cœur de Mme de Courtil et de Mme du Vernois. Toutes deux se souvinrent qu'on l'avait joué au Conservatoire, lors de la première entrevue d'Emma et de Jules. Que de choses s'étaient passées depuis lors, et quelle amertume pour elles de voir que ces êtres aimés, si bons chacun individuellement, devenaient malheureux ensemble ! Aucune confidence n'avait été faite ni à l'une ni à l'autre; mais elles n'en avaient pas besoin : leurs cœurs leur disaient que ce couple n'était pas heureux.

CHAPITRE XI

La séance dura si longtemps que, lorsqu'on revint au château, il était déjà l'heure de se mettre à table pour dîner. Les deux amies, Mme de Courtil et Mme du Vernois, avaient été retenues par une des dames patronesses à passer la soirée chez elle, ce qui rendait les convives moins nombreux.

Naturellement, la prouesse musicale d'Emma fit les honneurs de la conversation. Celle-ci fut tout interdite quand elle vit la tournure que prenaient les louanges que

Fernand lui adressait, et, sans oser regarder son mari, elle dit comme en s'excusant :

« Je me suis rendue compte de ce que je faisais quand il était trop tard pour reculer.

— Bien heureusement pour nous, répondirent les invités. »

Par de pénibles efforts, Emma essaya de changer le sujet de la conversation, mais c'était une tâche bien difficile pour elle; depuis qu'elle se trouvait de nouveau en face de son mari, le souvenir de l'épouvantable scène du matin lui revenait à la mémoire, et elle se sentait comme paralysée.

Après le dîner, on se dispersait toujours un peu dans le parc, et les deux fiancés convinrent qu'il fallait à toute force employer un coup de maître pour rétablir la paix dans le ménage de leurs amis : « Je suis sûre, dit Cécile, qu'il l'a forcée d'ôter sa jolie robe rose ce matin. »

Et Fernand de répliquer : « Moi, je ne puis comprendre qu'il n'ait jamais entendu sa femme jouer ; il est évident qu'il ne l'apprécie pas. Ah ! quelle idée ! Faites en sorte d'attirer votre amie Emma dans le pavillon du fond ; Mme la marquise du Préau, la mère de Jules, y allait étudier; il y a un piano : je me charge du reste. »

Et les braves jeunes gens se mirent en quête de leurs amis.

Emma fut vite trouvée, et ne demanda pas mieux que de quitter ses parents, dont elle craignait les questions ; sa bonne mine n'était pas revenue, et, une fois au pavillon, elle se mit à bavarder avec Cécile des plans de cette dernière, dont le mariage était fixé pour le commencement de l'hiver.

Tout à coup, Emma tressaillit et voulut partir, mais il était trop tard. Jules, entraîné par Fernand, entra dans le pavillon.

« Bonsoir, belles dames, dit Fernand d'un air enjoué. Que faites-vous ici dans ce clair-obscur? Ah! marquise, voulez-vous me faire un énorme plaisir? Redites-nous votre ouverture de ce matin, voilà justement un piano qui vous offre ses touches ; le soir, au fond du parc, ce serait tout à fait poétique et rien que justice, car Jules n'a pas assisté à votre triomphe. »

Emma aurait voulu voir la terre s'ouvrir sous ses pieds.

« Allons, belle châtelaine, ne vous faites pas prier. » Et se tournant vers Jules : « Voyons, mon ami, use de ton autorité. »

Jules ne dit rien ; mais Emma, recouvrant sa présence d'esprit, affirma qu'elle n'en serait plus capable.

Alors, de ce ton glacial et dogmatique habituel à Jules quand il se fâchait contre Emma, il dit avec ironie :

« Vous ne voyez donc pas que ma femme ne peut jouer qu'entourée d'un auditoire d'au moins cent personnes.

— Emma, voilà un défi ! Allons, dit Cécile. »

Elle se leva enfin, et au moment où elle s'asseyait au piano, Jules sortit.

Fernand fut tellement pris à l'improviste,

que du Préau avait déjà fait plusieurs pas avant qu'il lui dise :

« Jules, tu nous quittes ?

— Oui, je te charge de doubler tes applaudissements à la marquise ; cela fera le compte. »

Il alluma un cigare et disparut.

Une telle grossièreté, si gratuite, était de trop pour les nerfs d'Emma, déjà bouleversés depuis le matin.

Ne pouvant, cette fois, cacher à ses amis son chagrin, — elle n'avait qu'une idée, leur dérober sa honte, — elle partit en courant du côté opposé à celui choisi par Jules.

Cécile, consternée, dit à son fiancé :

« C'est trop violent », et s'apprêtait à suivre son amie quand elle en fut empêchée par Fernand.

« N'y allez pas, ma chère Cécile; laissez votre amie prendre sur elle un peu d'empire avant de vous voir.

— Si, je veux y aller ! Et éclatant en sanglots : Voulez-vous suivre l'exemple du mari d'Emma et me traiter de la même façon ? Mais sachez que je ne suis pas comme Emma, et que je ne supporterai jamais un pareil despotisme.

— Ma bonne chère petite amie, calmez-vous. Si vous n'aviez pas autant de peine, et une peine si motivée, vous ne me diriez pas les vilaines choses que je viens d'entendre ; je vous les pardonne, parce que vous souffrez ; mais vous n'êtes vraiment pas en état de faire du bien à votre pauvre amie. Le plus sage, pour éviter qu'au salon on s'aperçoive de quelque chose, ce serait de monter dans votre chambre et de tâcher de prendre du repos. Demain, nous aurons besoin de toutes nos facultés pour chercher le vrai moyen d'alléger le fardeau de l'existence de notre pauvre abandonnée. »

Cécile, convaincue, se laissa conduire par Fernand jusqu'à l'escalier, au pied duquel il prit congé d'elle, avec mille tendres paroles et douces consolations.

Une fois seul, tout son calme disparut, et ne pouvant respirer à l'aise, enfermé dans la maison, il sortit et marcha à grands pas dans le parc.

Au tournant d'une allée, il tomba dans les bras de Jules, qui lui dit le plus naturellement possible :

« Tiens, tu es seul? Et ces dames? »

Puis ne laissant pas à son ami le temps de lui répondre :

— Mais il est vrai que j'ai aperçu ma femme s'empressant d'aller bouder dans sa chambre. Que je suis simple, Mlle de Mirelle l'a suivie, et elle cherche à consoler son amie en achevant de lui monter la tête contre moi !

— Vous dépassez les bornes permises, marquis! dit Fernand blême de colère. Que vous outragiez devant témoins la plus sainte et la plus digne de toutes les femmes, — elle est vôtre, — la loi, dans le cas que je déplore ce soir, vous en donne le droit ; mais que vous osiez mal parler de la future

Mme de Courlanges, voilà ce que je ne tolérerai jamais. Sachez, monsieur, qu'elle voulait aller chez la marquise pour la consoler, et que je l'en ai empêchée. Je me mettais à la place de Mme du Préau, et j'aurais eu tant de honte à parler avec qui que ce fût de votre conduite inqualifiable que j'ai persuadé Cécile qu'il valait mieux laisser tomber en secret les larmes dont son cœur débordait par sympathie pour son amie.

— En fin de compte, je suis comme une espèce de mauvais génie : je fais pleurer toutes les femmes qui m'approchent, et je mécontente un ami, au point que celui-ci se permet de me dire des choses qu'une affection comme la nôtre peut seule tolérer, — étant convenu, toutefois, qu'un pareil ton ne soit jamais renouvelé.

— Vous prendrez la chose comme vous voudrez, car notre amitié dorénavant comptera dans le passé. Un de mes amis ne se conduit pas comme vous l'avez fait ce soir.

— Tu es bien dur pour moi, Fernand.»

Craignant de se faire entendre du groupe des parents dont ils s'approchaient, Fernand quitta brusquement Jules et se retira aussitôt dans son appartement.

Dans cette nuit, que de tristesses ! que d'angoisses ! que d'insomnies ! Emma faisait pitié ; elle était à genoux devant sa fenêtre ouverte, ne songeant aucunement à se déshabiller.

Cécile ne décolérait pas : elle pleurait, elle criait, elle avait presque des attaques de nerfs.

Fernand, épuisé, et sentant toute l'importance des paroles qu'il venait de prononcer, songeait avec amertume à cette amitié qui l'unissait à Jules depuis son enfance, et éprouvait ce qu'un homme de cœur sent à la perte d'un véritable ami. Et pendant que ces trois cœurs souffraient sous le même toit, où était celui qui causait toutes ces tristesses?

Toujours au parc, il avait la tête en feu,

et craignait par moments de sentir sa raison lui échapper pour toujours. Une fois déjà dans sa vie, il avait passé une nuit aussi cruelle : c'était celle dans laquelle il apprit la mort de son frère.

Lorsqu'il vit du mouvement dans les communs, il rentra chez lui par la porte de la bibliothèque, dont il portait toujours la clef; épuisé, il se mit au lit, et put dire avec vérité, quand son valet de chambre entra, qu'il ne se lèverait pas pour déjeuner, car il se sentait souffrant. On le serait à moins!

Lorsqu'on vint prévenir au salon que le marquis était indisposé, Emma dit avec un sang-froid qui étonna Cécile et Fernand que cela était tout naturel, car il se plaignait la veille de fortes douleurs de tête; seulement, elle ne se dérangea pas pour aller s'assurer elle-même de l'état de santé de son mari. Elle avait dit bonjour à tout le monde, comme si de rien n'était; mais sa pâleur était extrême.

CHAPITRE XII

Ce jour-là, on devait faire une excursion dans les environs. Comme Jules n'était plus jamais d'aucune des parties, celle-ci ne subit point de délai à cause de son malaise.

Mais le bon cœur de Fernand ne lui permit pas de sortir sans voir si réellement Jules était malade, d'autant plus qu'il se souvint de plusieurs cas où des fièvres pernicieuses se déclaraient par des symptômes pareils à ceux qui avaient peut-être poussé du Préau aux excès de la veille. Il voyait déjà son ami mourant d'une fièvre typhoïde, et entra dans la chambre du malade sans aucun vestige de ressentiment.

« Pourquoi ne pas faire appeler le médecin, si tu te sens indisposé ?

— Merci, Fernand, toi seul t'inquiètes ! Ma femme me sait souffrant, et elle n'est seulement pas venue me voir !

— Mon pauvre Jules, lui dit doucement son fidèle ami, tu sèmes des épines et tu t'étonnes qu'elles te piquent.

— Vous allez tous à la ferme de la mère Simon, mais je voudrais qu'Emma ne sortît pas. J'attends aujourd'hui un homme d'affaires qui a d'importantes communications à me transmettre. Veux-tu lui demander de l'entendre pour moi, et lui dire que je le ferai prévenir quand je pourrai le recevoir moi-même ? »

Fernand s'acquitta de la commission, qui contraria vivement Emma, sans pourtant qu'elle en convînt, et tout le monde partit. Fernand, étonné de ce que la femme de son ami prît avec tant de calme la maladie de ce dernier, ne put s'empêcher de lui dire en lui faisant ses adieux :

« Vous savez que je trouve le pouls de Jules bien fiévreux.

— Vraiment, » répondit-elle. Et voilà tout.

La mesure de sa patience avait été comblée la veille, et la douce Emma se révoltait ouvertement. Pour combien de temps ?

Restée seule, notre jeune marquise se fit l'effet d'une prisonnière ; elle se demandait comment elle allait agir, quand la porte de sa chambre s'ouvrit, et Jules entra.

Surprise, mais non déconcertée, elle lui demanda :

« Vous êtes donc guéri ?

— Je n'ai jamais été malade.

— Alors pourquoi l'avoir dit, et m'avoir empêchée de sortir ?

— Pour avoir un prétexte de rester à la maison avec vous, seul. »

Quelle puissance avait donc sur elle cet être si cruel par moments, qui, lorsqu'il le voulait, prenait un son de voix et un regard si pénétrants? Emma sentait ses idées de rébellion se dissiper à chaque pas que Jules faisait vers elle, et redevenait la toute petite fille que vous savez ; mais, cette fois, ce n'était plus cette obéissance passive qu'il venait réclamer ; ils changeaient de rôle, et c'est lui qui suppliait.

« Emma, voulez-vous maintenant me dire pourquoi vous ne jouez jamais devant moi? Ou, si vous aimez mieux, pardonnez-moi ma folie d'hier en venant dans votre boudoir vous mettre au piano, pour moi, pour moi tout seul. »

Elle répondit tout bas :

« Je ne l'oserai jamais.

— Pourquoi ? Vous avez donc peur de moi ? Mais voyez si votre amie Cécile craint Fernand ?

— Oh ! c'est bien différent ; il... et elle n'acheva pas.

— Il... quoi ?

— Il l'aime tant !!!

— Vous avez hésité avant de me dire cela, et vous avez eu raison, car rien ne pouvait m'aller plus droit au cœur. Emma, je vous aime comme je ne vous ai jamais aimée. Pendant que nous étions fiancés, j'avais lutté pour ne pas me laisser entraîner à ce que je croyais une folie ; mais j'ai été forcé de me faire souvent violence. Les premiers temps de notre mariage, je croyais sincèrement que, pour notre bonheur à tous deux, il me fallait maîtriser mon affection; mais, je le répète, mon but était bon au fond. Si je me suis trompé avec mes théories, elles étaient nées d'une louable intention. Je dois vous avouer, puisque je vous fais une confession générale, qu'à force de vouloir m'isoler de vous le plus possible, pour ne pas tomber sous l'empire de vos charmes, que je ne reconnaissais que trop, j'y étais parvenu à moitié, cela pendant l'hiver à Paris; mais depuis que nous sommes ici, que je vous vois radieuse de l'affection de vos amis, j'ai éprouvé une violente commotion, et je suis devenu jaloux de vous, ce qui ne m'était jamais arrivé depuis que je vous connais. Mais jaloux au point d'en devenir malade, si vous ne prenez pitié de moi. »

Il se jeta sur un fauteuil et se cacha les yeux. Au bout d'un moment, il continua d'une voix émue jusqu'aux larmes :

« Comprenez-vous ma tyrannie maintenant? Comprenez-vous ce que j'éprouvai en vous voyant hier cette toilette rose qui m'aurait ravi si elle avait été mise à mon intention? Mais ce n'était pas pour moi que vous étiez si idéalement jolie. D'autres vous voyaient, vous admiraient ; ils devaient sortir et passer la journée avec vous. Je les enviais tant, qu'à moitié fou, je me vengeais de ce que vous m'abandonniez en vous forçant brutalement à ôter cette robe ; mais vous la remettrez maintenant, voulez-vous ? aujourd'hui que nous sommes seuls, que personne ne nous dérangera. Mon homme d'affaires n'était qu'une excuse pour vous garder auprès de moi. Voyons, voulez-vous me gâter en me pardonnant? Voulez-vous me laisser vous aimer ? Le veux-tu, dis, ma bien-aimée? »

Il s'était mis à ses genoux et lui entourait la taille de ses deux bras.

Ils entendirent frapper à la porte, et Mme du Vernois s'arrêta sur le seuil. Jules se leva, et, recouvrant le premier sa présence d'esprit, dit :

« Je demande pardon à Emma ; j'ai été bien méchant, et elle ne me répond pas. Voulez-vous, chère madame, plaider ma cause ?

Emma se jeta au cou de sa marraine et fondit en larmes de joie. Elle se sentait si heureuse ! Elle ne regrettait aucune de ses souffrances passées, puisqu'elles étaient causées par l'amour.

« Depuis quand m'aimez-vous autant ? demanda Emma à Jules en se blotissant contre Mme du Vernois.

— Oh ! je vous aime depuis que je vous

ai vue pour la première fois ; mais je me suis aperçu que mes sentiments devenaient une passion violente depuis que vos amis vous entourent de leur affection si vive et démonstrative.

— Combien j'ai à les remercier, dit Emma, vous toute la première, ma marraine chérie, de m'avoir donné l'affection de mon mari comme je l'avais rêvée !

— Ma chère enfant, lui répondit Mme du Vernois, tu n'as à remercier absolument que toi-même, car ta douceur et ton caractère angéliques n'auraient pas manqué d'obtenir le même résultat sans l'aide de qui que ce soit ; et c'était à cause de cela que je ne disais rien, quoique mon cœur saignât de voir combien vous vous rendiez l'existence pénible.

— Emma ne se plaignait donc pas de mes mauvais traitements?

— Vous nous faites injure à toutes deux, mon ami, dit Mme du Vernois avec dignité. Personne ne s'est plaint ; mais un peu de logique et cette double vue du cœur que l'on possède à l'égard de ceux qu'on aime m'avaient, le jour de mon arrivée ici, montré la triste vérité. Je vis avec grand chagrin qu'Emma se cachait pour faire de la musique et qu'elle ne montait plus à cheval ; or, le jour qu'au Bois nous rencontrâmes ce *vilain loup*,—désignant Jules,— Emma m'avait fait sa profession de foi en ces termes : Marraine, sérieusement si je me voyais condamnée à ne plus faire de musique et à ne plus monter à cheval, je serais bien malheureuse.

— Ma pauvre chérie, s'écria Jules, je vous demanderai maintenant de faire de la musique six heures par jour. »

Emma se mit à dire en riant :

« Mes pauvres poignets !

— Quant au cheval, ce soir même, j'irai à Paris vous en choisir un.

— Pour cela, je m'y oppose, lui dit la marquise ; laissez-moi en monter un des écuries d'ici ; puis elle ajouta avec une expression toute pleine de tendresse : J'aimerais mieux me priver de ce plaisir que de de vous voir vous éloigner de moi.

— Vous êtes un ange ! répondit Jules; il lui prit les mains et les baisa. »

MAT.

Typ. T. SYMONDS, 90, rue Rochechouart, Paris.

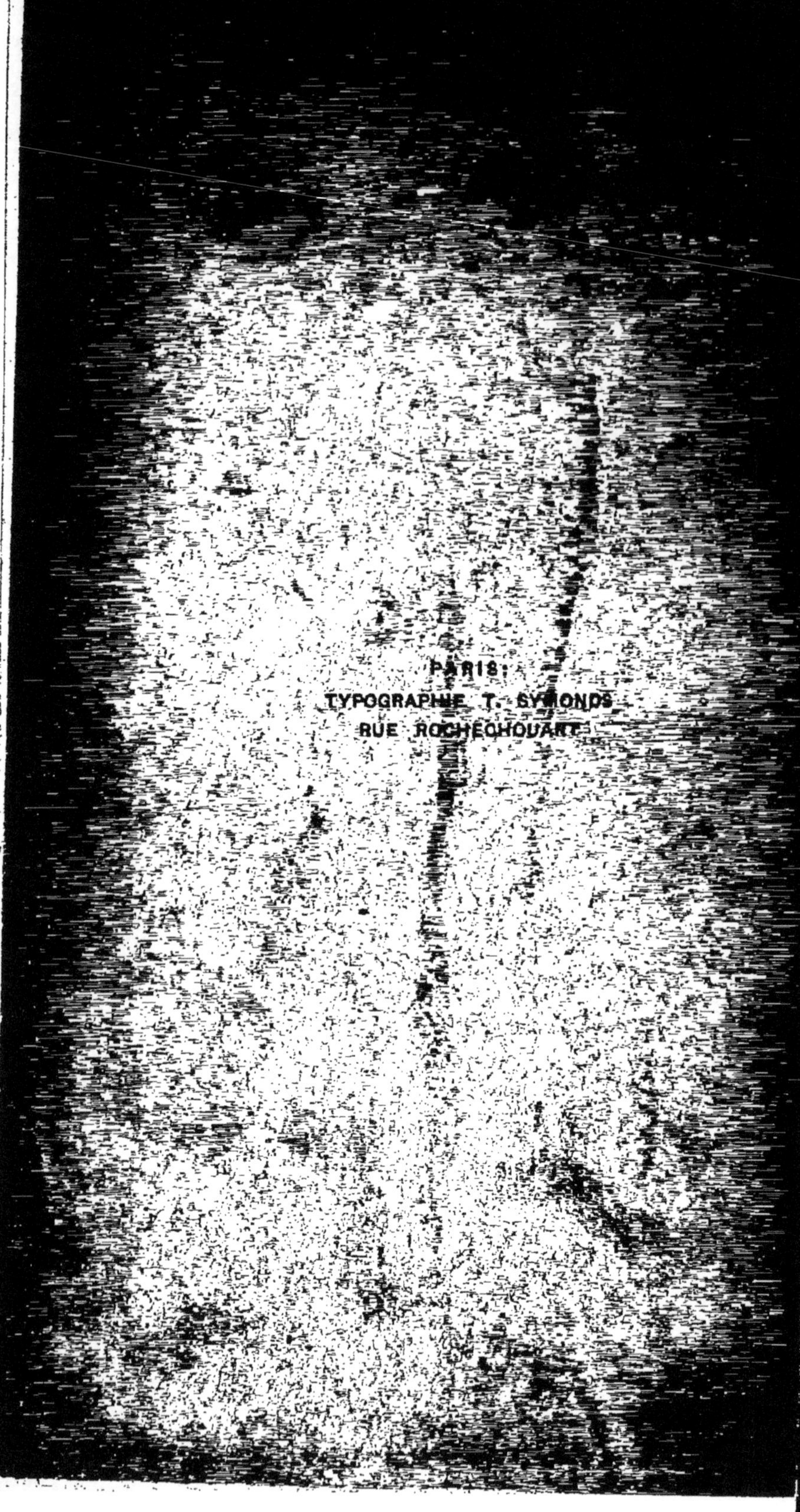

PARIS.
TYPOGRAPHIE T. SYMONDS
RUE ROCHECHOUART

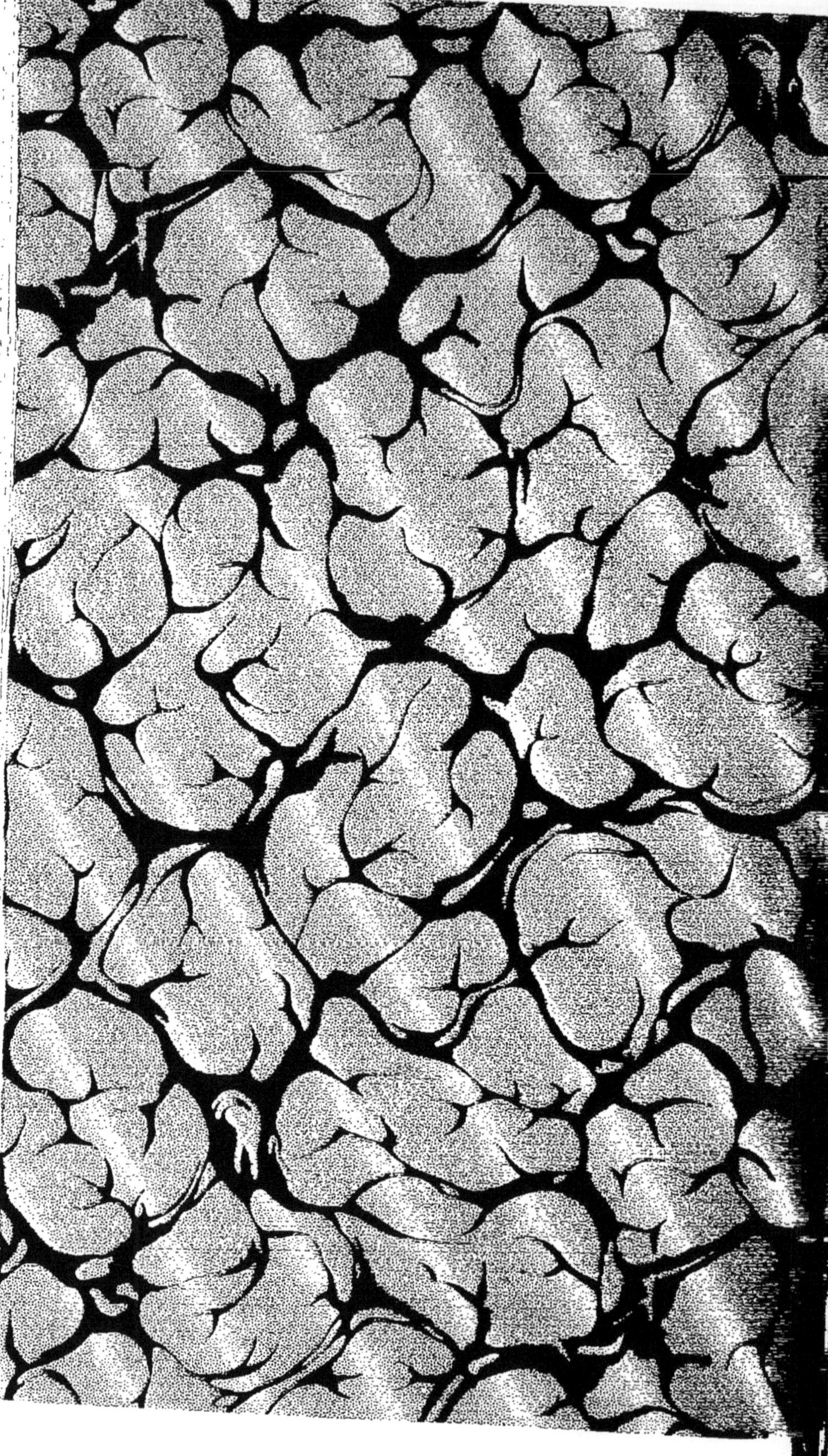

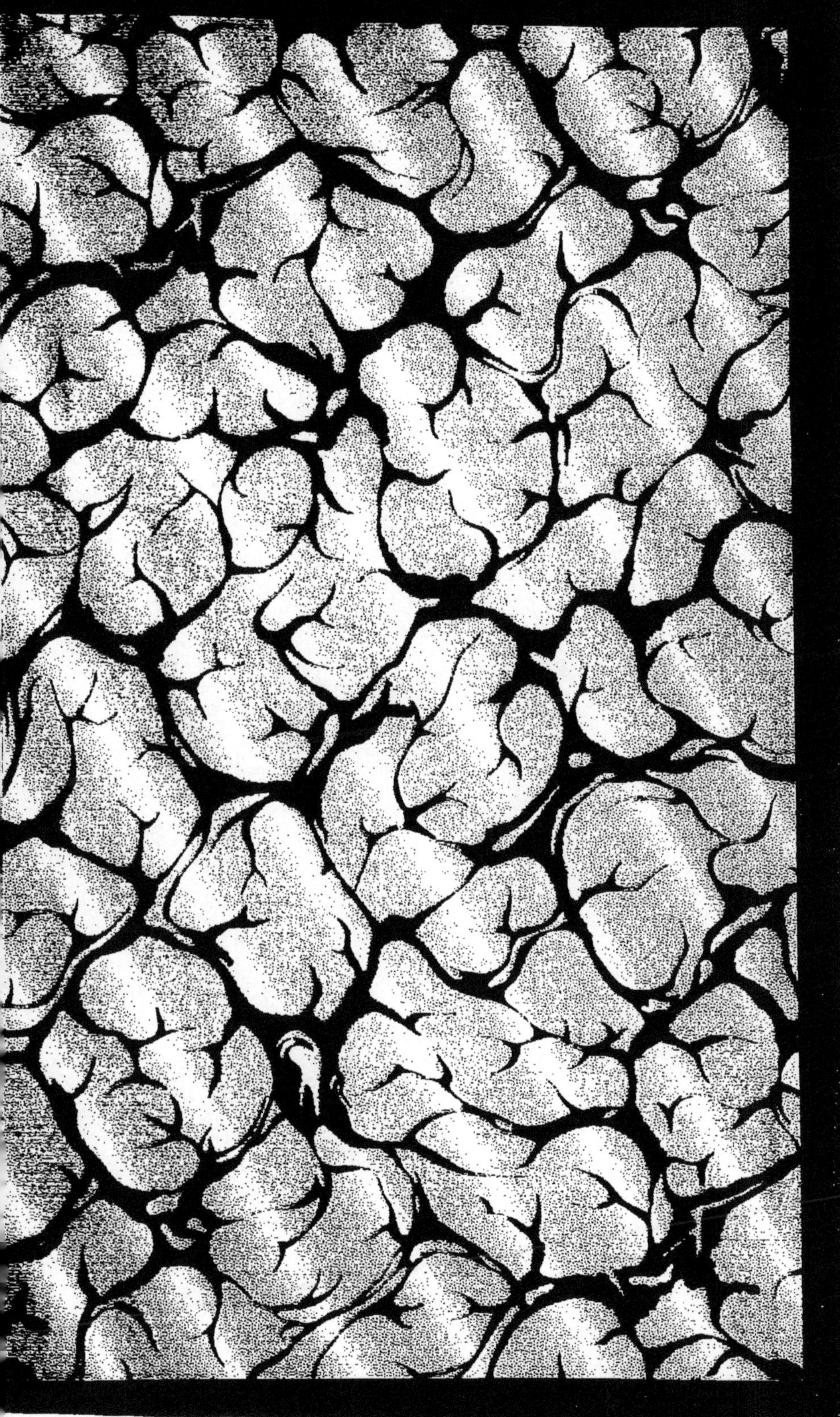

BIBLIOTHEQUE NATIONALE DE FRANCE
3 7531 03328260 0

www.ingramcontent.com/pod-product-compliance
Ingram Content Group UK Ltd.
Pitfield, Milton Keynes, MK11 3LW, UK
UKHW020155200726
13856UKWH00003B/1006